Un seductor enamorado

Sarah M. Anderson

HARLEQUIN™

Editado por Harlequin Ibérica.
Una división de HarperCollins Ibérica, S.A.
Núñez de Balboa, 56
28001 Madrid

I.S.B.N.: 978-84-687-8275-1
Depósito legal: M-22215-2016
Impresión en CPI (Barcelona)
Fecha impresion para Argentina: 20.3.17
Distribuidor exclusivo para España: LOGISTA
Distribuidores para México: CODIPLYRSA y Despacho Flores
Distribuidores para Argentina: Interior, DGP, S.A. Alvarado 2118.
Cap. Fed./Buenos Aires y Gran Buenos Aires, VACCARO HNOS.

Capítulo Uno

¿Qué estaba haciendo Stella en ese momento?

Bobby se hizo la misma pregunta que llevaba haciéndose toda la semana. Y la respuesta era la misma.

No tenía ni idea. Pero le gustaría saberlo.

Tal vez, debería haberse esforzado más en conseguir su número aquella noche salvaje en la sala de fiestas. Sí, debería haberlo hecho. Pero Bobby Bolton no perseguía a las mujeres. Disfrutaba de su compañía, por lo general, durante una noche y, de forma excepcional, por un fin de semana. Eso era todo. No tenía relaciones largas. Ambas partes lo pasaban bien y se separaban amistosamente. Esa era su manera habitual de actuar con el sexo opuesto.

Hasta esa noche, hacía un par de meses, en que había conocido a Stella.

Había sido la última noche en que se había sentido el dueño del mundo.

FreeFall, la cadena de televisión que había comprado su *reality show*, *Los hermanos moteros*, había celebrado una fiesta privada en honor de la nueva temporada de episodios. Era la clase de evento que Bobby adoraba, lleno de gente glamurosa, en un lugar selecto y sofisticado.

Esa noche, cuando había estado escrutando la sala, una mujer sentada en una esquina le había lla-

3

mado la atención. Tenía la clase de estilo que la distinguía de las demás. En vez de ir vestida con algo demasiado corto o demasiado ajustado, llevaba un vestido de manga larga cubierto de flecos de cuero con la espalda al descubierto. Era un atuendo llamativo y sensual, aunque su portadora había estado sola con la vista puesta en la multitud.

Bobby había ignorado su identidad cuando la había invitado a tomar algo. Ella le había dicho que era diseñadora de moda, pero no había mencionado su apellido. Lo había dejado embelesado con su atrevido estilo, su acento británico y su actitud distante del resto del grupo. Habían hablado como si hubieran sido viejos amigos, todas las bromas que habían compartido habían tenido un sentido especial que ambos habían sabido interpretar y disfrutar juntos. Él había quedado prendado.

Esa debía de ser la razón por la que habían terminado en el asiento trasero de una limusina con una botella de champán y un par de preservativos.

Sin embargo, más tarde, cuando Bobby le había pedido su número de teléfono, ella había dejado caer la bomba. Era Stella Caine, hija única de David Caine, propietario de la cadena de televisión FreeFall, productor del *reality show* de los Bolton y socio mayoritario de su nuevo proyecto urbanístico. Para colmo, se trataba de uno de los hombres más conservadores del país.

Bobby se había sentido fuera de juego. ¿Cómo podía haber hecho algo tan estúpido? ¿Qué pasaría si ella se lo contaba a su padre?

David Caine se ocuparía de hundirlo en la miseria, eso sería lo que pasaría, se dijo. Y todo lo que tanto se había esforzado en construir se reduciría a cenizas.

Después de haber revelado su identidad, Stella no le había dado a Bobby su número. Solo le había dado un beso en la mejilla, asegurándole que era mejor así.

Eso había sido lo último que había sabido de ella. David Caine no lo había llamado a la palestra por haber corrompido a su hija. No había recibido ni llamadas ni mensajes de Stella. No tenía nada más que sus recuerdos.

Una de las asistentes de producción se acercó entonces, sacando a Bobby de sus pensamientos.

—Tenemos la toma —informó Vicky—. ¿Algo más?

Bobby estaba grabando su programa para FreeFall en Dakota del Sur.

—Creo que hemos terminado por hoy —señaló Bobby, mirando a su alrededor en el pequeño tráiler que era su despacho y, muchos días, su hogar.

Eran las cuatro de la tarde de un viernes del mes de noviembre, el sol comenzaba a ponerse, sumiendo todo en un gris invernal. Los trabajadores de la obra habían recogido ya sus cosas. Vicky y el equipo de grabación, Villainy Productions, se habían quedado un poco más tarde para hacer un par de tomas de Bobby sentado ante su mesa con aspecto abrumado.

Ese día no había tenido que fingir demasiado.

¿Qué diablos le sucedía? Aquello era todo lo que siempre había soñado. Su *reality show* se había estrenado en FreeFall con una espectacular audiencia. El contrato de producción que había firmado con la cadena de televisión le había proporcionado la mitad del dinero que necesitaba para empezar a levantar el complejo residencial Crazy Horse, cuya construcción iba a formar parte del espectáculo.

Su familia y su negocio eran las otras piedras angulares del programa, que había lanzado al estrellato las motos de diseño creadas por su hermano Billy. Crazy Horse Choppers se había convertido en una marca internacional con una leal lista de seguidores, muchos de ellos, estrellas del espectáculo, y otros, moteros de corazón. Y él seguía siendo el director de marketing de la empresa familiar.

Había trabajado durante años para llegar a ese punto. Era rico, famoso y poderoso. Todos sus sueños se habían hecho realidad. Se mirara como se mirara, era un hombre de éxito.

Entonces, ¿por qué se sentía tan… inseguro?

Horas después de que todo el mundo se hubiera ido a casa, se sentó ante su mesa, que estaba empotrada en la pared del tráiler. Las ventas de Crazy Horse Choppers se habían disparado, según anunciaba la pantalla de su ordenador. Pero a él no le interesaba. Quizá solo estaba cansado, se dijo, intentando concentrarse. No podía recordar la última vez que había estado en su casa.

En vez de dormir en su cama extragrande con sábanas de algodón egipcio, llevaba muchas noches durmiendo en el incómodo sofá del tráiler. En vez de cocinar en su cocina de gourmet, con encimeras de mármol y última tecnología, había estado arreglándoselas con comida rápida y un microondas. Y, en vez de sumergirse en su baño de burbujas, se había estado apañando con la ducha en miniatura del tráiler.

Sus días se habían convertido en una sucesión borrosa de café, obras y cámaras. Diablos, ni siquiera había hecho un viaje de negocios desde que había vuelto de Nueva York, hacía dos meses.

Su vida daba asco.

Como sus hermanos mayores, Billy y Ben, siempre le recordaban, él mismo se lo había buscado. Ellos no parecían dispuestos a ofrecerle ayuda. Sus hermanos pensaban que sus ideas eran ridículas y esperaban que fracasara, por eso, él estaba esforzándose al máximo para demostrarles que se equivocaban.

Incluso si eso significaba vivir en un tráiler y quedarse revisando las cifras de audiencia un viernes por la noche.

Pronto, estaría terminado su ático en la planta alta del complejo residencial. Tendría su propio ascensor privado, impresionantes vistas de Black Hills y, sobre todo, no viviría a la sombra de nadie. Ni de su padre, Bruce, ni de su manera autoritaria de dirigir el negocio. Ni de Billy y su insistencia en construir motos a su gusto, no a gusto de los clientes. Ni de Ben y su enfermiza devoción a los números.

Sabía que sus hermanos pensaban que era un desastre, pero les demostraría que no tenían razón. Nadie iba a echar a perder su trabajo.

Por primera vez en la vida, Bobby tendría algo que fuera suyo y solo suyo. Su propio reino personal. Tendría todo el poder para contratar a quien quisiera, diseñar y crear lo que quisiera. Era un sueño ambicioso. Pero soñar era lo que mejor se le daba.

El sonido de la puerta de un coche le devolvió de golpe al presente.

Había tenido un par de problemas con ladrones de cobre. Bobby había contratado a un vigilante de seguridad.

Entonces, escuchó un silbido.

Bobby abrió el cajón de su mesa y sacó su pistola. Pronto, les enseñaría que nadie robaba a los Bolton.

Nada más que le hubo quitado el seguro a la pistola, alguien llamó a su puerta. Se sobresaltó. Los ladrones de cobre no llamaban.

–Voy –dijo Bobby, extrañado.

Metiéndose la pistola en la parte trasera del pantalón, se dijo que podía ser Cass, la recepcionista de Crazy Horse Choppers. De vez en cuando, iba a ver cómo estaba.

Bobby abrió la puerta. Cuando la luz del tráiler iluminó la escena nocturna, tuvo que parpadear un momento para poder creer lo que estaba viendo.

Un tipo bajito con un chaleco verde y una camisa de rayas y el pelo rojizo saliéndole por debajo de una gorra de lana. Tenía el aspecto de un duende.

–Ah, aquí estás –dijo el tipo con acento irlandés y una sonrisa impertinente–. Eres un tío difícil de encontrar.

–¿Disculpa? –repuso Bobby. Al mirar detrás del recién llegado, vio un sedán negro con lunas tintadas. De pronto, se dio cuenta de que había visto ese coche pasando por allí varias veces durante la última semana, a horas extrañas.

Con disimulo, se llevó la mano al cinturón, tratando de agarrar la pistola de nuevo.

En un abrir y cerrar de ojos, se encontró frente a un enorme revólver que le apuntaba a la cara.

—No creo que sea buena idea. Mejor, dame el arma despacio y con suavidad —advirtió el recién llegado.

—¿Quién eres?

—Mi nombre es Mickey —contestó el hombre y, una vez que tuvo el arma de Bobby en la mano, añadió—: Muy bien, tío. Ella me dijo que eras un tipo listo. No me gustaría tener que llevarle la contraria.

—¿Qué? ¿Quién es ella?

Mickey le dedicó otra sonrisa desafiante y miró dentro del tráiler.

—¿Hay alguien más aquí?

—No.

—Pórtate bien y no pasará nada —ordenó Mickey, guiñándole un ojo—. Siéntate, estate quieto y recuerda que, si haces cualquier tontería, tendré que romper la promesa que le hice a ella —añadió, pegándole la pistola a la cara de nuevo.

—¿Qué promesa?

—Le prometí no hacerte daño, al menos, hasta que ella no dijera lo contrario.

Tras su críptico comentario, Mickey se guardó ambas armas en el bolsillo y se giró hacia el coche. Todavía silbando, abrió la puerta trasera y le tendió una mano a la pasajera.

Una larga pierna femenina salió del vehículo, seguida de otra pierna. A Bobby se le aceleró el pulso. Quizá, no iban a robarle. Igual iba a tener suerte.

Una mano enguantada se posó en la de Mickey y una mujer vestida de negro salió. Incluso desde lejos, Bobby pudo ver el corte de pelo con la nuca al descubierto y un lado más largo que el otro. Al instante, el pulso se le paró en seco.

Solo conocía a una mujer en el mundo con ese corte de pelo.

Stella Caine.

Bobby se frotó los ojos, pero la escena no cambió. Stella.

Ella se quedó parada un momento, posando la mirada en las obras. Mickey le ofreció su brazo y, juntos, caminaron hasta el tráiler.

La forma en que sus caderas se contoneaban al andar era capaz de embelesar a cualquiera, pensó Bobby. Llevaba un largo abrigo de piel negro, que dejaba entrever una larga pierna con cada paso. Cuando llegó bajo la zona iluminada por la luz que salía del tráiler, ella se detuvo y lo miró.

Sus ojos, verde pálido, brillaban. A pesar de su estilo sofisticado, esos ojos contaban una historia diferente. Mostraban una cierta suavidad, incluso, vulnerabilidad.

–Hola, Bobby.

Un soplo de viento corrió entre ellos como una advertencia. Bobby percibió de inmediato que estaba en peligro, y no solo por el pelirrojo armado. La actitud de Stella no tenía nada de amistoso, más bien, parecía heladora. Si se alegraba de verlo, no lo demostraba.

–Stella.

Durante un momento, Bobby no supo qué más decir, algo inusual en él. Siempre sabía qué decir, cuándo decirlo. Era su don, esa habilidad para adivinar con exactitud qué querían escuchar los demás. Era un talento que le había hecho triunfar en la vida.

Al parecer, sin embargo, en ese instante, sus talentos lo habían abandonado. No quería decir nada. Quería tomarla entre sus brazos y decirle que no pensaba dejarla marchar de nuevo.

Pero sabía que, si lo hacía, lo más probable era que Mickey le pegara un tiro. Por eso, dijo lo único que se le ocurrió.

–Pasa.

Haciéndose a un lado, la dejó pasar, mientras su aroma a lavanda lo envolvía.

Mickey no la siguió dentro. Se quedó apoyado en la barandilla de la entrada, ajeno al frío invernal.

–Pórtate bien –le repitió a Bobby el hombrecillo–. Odiaría tener que irrumpir en la escena para pararte los pies.

¿Acaso pensaba ese tipo que podía hacerle daño a Stella?, se preguntó Bobby. Ellos ya… bueno, habían tenido un encuentro íntimo. Además, él no era la clase de hombre que hacía daño a una mujer. Los Bolton eran respetuosos con el sexo opuesto.

Eso, para él, significaba básicamente asegurarse de que su pareja quedara satisfecha después de un encuentro. Las necesidades sexuales de ambas partes quedaban saciadas y todos terminaban como amigos.

Aunque lo que estaba pasando en ese mismo momento era algo por completo nuevo para él.

Lanzándole una última mirada de confusión a Mickey, Bobby cerró la puerta y volvió la atención a la mujer que observaba el interior del tráiler con obvio desdén. De nuevo, él quiso tener algo que decir, pero le fallaron las palabras.

–¿Quieres… darme tu abrigo?

Stella le dio la espalda, desabrochándose el cinturón del abrigo. Él se acercó y posó las manos en sus hombros para agarrarlo.

Las pieles cayeron en sus manos, dejando al descubierto un delicado cuerpo de encaje transparente que, a pesar de ser de manga larga y cuello alto, no dejaba nada a la imaginación.

Bobby se quedó atontado un momento, antes de caer en la cuenta del diseño representado en el encaje. Eran pequeñas calaveras. Una mezcla muy especial de feminidad y provocación, el sello característico de Stella.

Como complemento, llevaba un ceñido corpiño de cuero y una larga falda de punto que, vista por detrás, parecía muy puritana. Pero, cuando ella se dio la vuelta, vio que dos largas rajas delanteras dejaban asomar sus esbeltos muslos.

A Bobby se le aceleró el pulso de nuevo. Solo Stella Caine podía ponerse una ropa que la cubría por completo y, al mismo tiempo, dejaba entrever todo su cuerpo. ¿Qué estaba haciendo allí? ¿Y por qué la deseaba tanto?

Sorprendido, ansió besarla en el cuello, justo donde terminaba su pelo. Si recordaba bien, había hecho lo mismo en otra ocasión, acorralándola contra la puerta de un coche.

Sin embargo, Bobby se esforzó por contenerse para no hacer nada estúpido. Sin duda, Mickey no se lo permitiría. Por eso, se limitó a colgar el abrigo de la recién llegada en el perchero.

–¿Quieres sentarte?

Ella escrutó el interior del tráiler y posó la vista en el sofá que había al otro lado. Estaba hundido en la parte donde él había dormido y estaba manchado de café.

—Gracias, no —negó ella con tono seco, alisándose la falda con las manos.

Frotándose la cabeza, Bobby bajó la vista a sus pies. Llevaba botas negras llenas de hebillas, de tacón alto.

—Toma. Deja te saque un asiento —ofreció él, dirigiéndose a por el sillón de cuero de su escritorio.

Con un gesto de agradecimiento, Stella se sentó y se cruzó de piernas. Las rajas de su falda dejaron escapar su muslo derecho, captando de inmediato la atención de Bobby.

Intentando apartar la vista, él se sentó en el sofá.

Tenía que decir algo. Sin embargo, mientras estaba sentado delante de la mujer más encantadora que había conocido, se quedó sin palabras. No sabía por qué estaba ella allí, ni qué quería. Eso implicaba que no sabía lo que su visitante deseaba escuchar. Lo único que sabía era que su pistola estaba fuera, en manos de un irlandés que no dudaría en usarla para dispararle.

Aparte de eso, solo podía pensar en que nunca se había alegrado tanto de ver a una mujer en su vida. Ella no parecía en absoluto feliz de verlo.

Al final, Bobby no pudo soportar más el silencio.

—Tu vestido es impresionante.

Ella esbozó una tensa sonrisa.

—Gracias. Lo hice yo, claro.

—¿Dónde encontrarte encaje con calaveras?

Cuando ella afiló la mirada, Bobby adivinó que había hecho una pregunta inadecuada.

—Lo hice yo —repitió ella, marcando las palabras.

–¿Hiciste el encaje?

–Lo he diseñado yo y lo he cosido. Es una de mis creaciones.

Bobby se quedó mirando el tejido. Desde la distancia que los separaba, no podían verse las calaveras. Le sentaba como una segunda piel.

–Increíble –comentó él, mirándola a los ojos.

–Gracias –repitió ella en tono más suave. Sonrojándose ligeramente, bajó la vista.

Ese comentario, al menos, había sido acertado, caviló Bobby. Aunque, sin duda, ella no había ido hasta allí para buscar cumplidos. Así que volvió a intentarlo.

–Mickey parece… un tipo especial. ¿Lo conoces hace mucho?

–Hace… mucho.

De acuerdo. No iban a hablar de Mickey, comprendió él, quedándose sin más ideas. Si Stella no le daba ninguna pista, ¿qué podía hacer?

Por suerte, su huésped le echó un cable.

–Esto es muy bonito –observó Stella, mirando a su alrededor de nuevo. Su tono fue irónico y cortante.

–¿Verdad? –repuso él, aliviado por tener algo de que conversar–. Solo elijo lo mejor. Tengo una casa en la ciudad –añadió–. Me quedaré aquí solo hasta que se termine el complejo residencial. Viviré en mi ático cuando esté listo.

Cielos, aquello no iba bien, se dijo Bobby. ¿Dónde estaba el hombre encantador y con don de gentes que siempre había sido? Delante de Stella, se estaba comportando como un torpe inútil. No le gustaba como un pez fuera del agua.

—Hace una semana que no vas a tu casa.

Bobby la miró sorprendido. ¿Qué quería ella? No podía haberse tomado la molestia de ir hasta allí solo para entablar una conversación superficial.

—He estado trabajando en la obra. ¿Quieres ver los planos? —ofreció él, desesperado por establecer algún tipo de vínculo.

En vez de responder, Stella lo miró de arriba abajo.

Bobby deseó poder descifrar esa mirada. Parecía furiosa y frustrada, como si estuviera a punto de perder la paciencia. Pero, además, percibió una emoción vulnerable en sus ojos.

Estaba preocupada.

Al fin, Stella se movió. Se pasó una uña pintada de negro por la comisura de los labios, como si hubiera comido algo desagradable. Luego, tomó aliento, enderezó la espalda y lanzó una granada verbal en medio de la estancia.

—Estoy embarazada.

Capítulo Dos

Sus palabras despedazaron a Bobby. ¿Acababa de decir que estaba embarazada?

Ella lo estaba mirando con gesto indescifrable, esperando una respuesta. ¿Qué diablos podía decir? Él abrió la boca para preguntar quién era el padre, pero al instante adivinó que sería la pregunta menos apropiada.

Detrás de la fachada impasible de su visitante, Bobby percibió algo además de preocupación. Estaba asustada. Aunque parecía decidida a no dejarle ver ese miedo.

Bueno, pues ya eran dos los que estaban asustados.

Entonces, Bobby comprendió. Stella estaba segura de que él era el padre. Y ese era, de lejos, el pensamiento más aterrorizante que había tenido en su vida.

Nadie le había dicho nunca que sería un buen padre. Lo más habitual era que la gente lo acusara de inmaduro. Sus hermanos se lo decían todo el tiempo.

Los niños eran… caóticos. Gritaban. No eran razonables. Se ponían a llorar por cualquier cosa. Eran muy exigentes.

A Bobby le gustaba hacer las cosas a su manera. Le gustaba acostarse tarde, levantarse tarde. Le gustaba no tener hora para llegar a casa. Le gustaba no tener que pasar por encima de juguetes, ni cambiar pañales.

No era la clase de tipo que podía ser padre. Era un hombre de negocios y se le daba bien su trabajo. Estaba volcado en hacer que su complejo residencial fuera el más sofisticado de Dakota. Y, si todo salía según lo planeado, tendría una cadena de complejos Crazy Horse por todo el oeste del país. Tener una familia no encajaba dentro de esos planes.

Despacio, Bobby intentó escoger las palabras.

—Pensé que… Usamos protección. Las dos veces.

Al principio, Stella parecía tallada en piedra, de lo inmóvil que estaba. Pero, luego, él se dio cuenta de que el pecho le subía y le bajaba con la respiración acelerada.

—Sí, la usamos —dijo ella al fin.

Entonces, ¿cómo podía ser él el padre? Esa era la pregunta que Bobby se moría por hacer, pero no sabía cómo.

—Creo que el segundo preservativo se rompió —afirmó ella con palabras cautelosas y precisas—. Y que estábamos demasiado metidos en faena como para darnos cuenta.

Bobby intentó pensar. No recordaba haber estado borracho. Solo recordaba el torrente de energía sexual que ella le había provocado.

Mientras se pasaba la mano por el pelo una y otra vez, preso de la angustia, ella seguía sentada con total compostura, como si en vez de anunciar su embarazo le hubiera comunicado que quería vino blanco con la cena.

Bobby había estado loco de ganas de verla durante los dos últimos meses. ¿Pero... embarazada? Encima, no podía soportar el desdén con que ella lo observaba.

Quería verla, pero sonriente. Quería hacerla reír, acariciar su cuerpo.

Entonces, Bobby tomó una decisión. No estaba seguro de qué quería Stella de él, pero tenía una certeza. Necesitaba un lugar privado, un espacio más acorde con la situación.

—Tenemos que irnos.

—¿Irnos?

—A mi casa. Podemos hablar mejor allí. Estarás mucho más cómoda. Es más agradable, más íntimo.

—¿No hay cámaras?

Era la primera vez que Bobby percibía un tono inequívoco de preocupación en su voz. De inmediato, sintió deseos de protegerla.

—No. Nada de cámaras.

Diablos, si Caine supiera que su hija estaba allí, por no decir si supiera que estaba embarazada, se acabaría todo. El programa de televisión, el dinero para construir el complejo residencial... todos sus sueños se harían pedazos. No podía arriesgarse a perder todo por lo que tanto había trabajado.

Despacio, Bobby abrió la puerta.

—¿Mickey? ¿Puedes venir?

Aunque el pelirrojo se había pasado veinte minutos a la intemperie, con el frío que hacía, no parecía afectado. Llevaba las manos en los bolsillos, sí, pero tal vez fuera más para empuñar las pistolas que para calentarse.

Mickey asintió y entró en el tráiler.

–¿Va todo bien? –preguntó el pelirrojo a Stella.

–Sí –afirmó ella, poniéndose en pie.

–Quería confirmar contigo que lo mejor sería trasladar esta conversación a un lugar más íntimo, mi casa. Así, Stella estará más cómoda.

–¿Siempre habla así? –le preguntó Mickey a Stella, con aspecto confundido.

–No siempre –murmuró ella, bajando la vista de nuevo.

Stella asintió a su guardaespaldas, que la observaba expectante.

–Puedes seguirme –indicó Bobby, y tomó el abrigo de Stella.

–No te preocupes, tío –repuso Mickey, recuperando su sonrisa insolente–. Sé dónde vives.

–Yo iré con Bobby –señaló Stella.

Si su afirmación sorprendió a Mickey, no lo demostró.

Nos vemos allí –dijo el guardaespaldas y, silbando, se dirigió a su vehículo con la pistola de Bobby todavía en el bolsillo.

Bobby sabía lo que eso significaba. Todavía debía tener cuidado.

Bobby tenía un coche muy bonito, un Corvette rojo deportivo. Encajaba con la imagen que Stella tenía de él. La noche que lo había conocido, llevaba el cabello rubio peinado hacia tras, un traje gris hecho a medida con una camisa impecable blanca, sin corbata. Era el personaje perfecto para cualquier fiesta.

Por el contrario, ella se había sentido muy incómoda, sentada en una esquina.

No podía comprender del todo la forma en que Bobby había reaccionado a la noticia. No estaba segura de qué había esperado que él hiciera al saber que era el padre del bebé que crecía en su vientre.

No, eso no era cierto. Si era sincera consigo misma, tenía que admitir que había esperado que Bobby hubiera enumerado las razones por las que no podía ser el padre y hubiera asegurado que el bebé era de otro. O, tal vez, podía haber dicho que, aunque el hijo fuera suyo, no quería saber nada de ello. Ni de ella. Sin embargo, no había hecho ninguna de las dos cosas.

En ese momento, Bobby estaba al volante, mientras los dos se mantenían en silencio.

Stella quería que él dijera algo. El problema era que no sabía qué quería escuchar.

–¿Llevas aquí toda la semana?

–No. Llegué el miércoles –contestó ella. Quiso mirarlo, pero el pequeño espacio del coche hacía que fuera incómodo. Además, al mirarlo… le sucedían cosas que no quería reconocer. Haciendo un esfuerzo, intentó dejar de lado la excitación que le producía verlo. Estaba allí por el bebé, se recordó a sí misma. No había ido por él–. Mickey vino la semana pasada en coche. Él decidió que el viernes por la noche sería el mejor momento para dar contigo. Yo no estaba de acuerdo, pero Mickey insistió.

–¿Pensaste que estaría de fiesta en el pueblo?

Eso era exactamente lo que Stella había pensado, pero no quiso admitirlo.

–Hace mucho, aprendí a fiarme de la intuición de Mickey.

–¿Sabe tu padre que estás aquí?

Aunque estaban en un coche a oscuras y Bobby no la estaba mirando, Stella volvió a poner cara de póquer. Llevaba años entrenándose para no dar a conocer sus sentimientos. Todo, siempre, acababa apuntando a David Caine.

¿Qué haría su padre si supiera que estaba embarazada?, se preguntó. ¿Insistiría en que se casara y esperaría que nadie contara los meses? ¿La desheredaría públicamente y dejaría de pasarle dinero? Su negocio de diseño de moda contaba con unas cuantas clientas leales, pero no podía pagar el alquiler de su piso de Soho por ella misma. Aunque su padre nunca la había apoyado en nada, al menos, pagaba sus facturas y el sueldo de Mickey. En realidad, eso era lo único que la unía a David Caine.

–No. Prefiero que no lo sepa.

–Entendido.

Stella oyó cómo Bobby exhalaba aliviado, apretando el volante con fuerza mientras se dirigía hacia un gran complejo de apartamentos. Sin duda, él también tenía una generosa lista de razones para ocultarle la situación a su padre, pensó ella.

Bobby apretó un mando a distancia y se abrió la puerta de un garaje. Acto seguido, entraron.

Después de parar el coche, él salió, dio la vuelta y le abrió la puerta a su pasajera. Incluso le tendió la mano para ayudarla a bajar. Stella no sabía si lo hacía para copiar a Mickey o porque era así como trataba a todas las mujeres a las que llevaba a su casa.

Aquel pensamiento la llenó de dolor, así que intentó bloquearlo.

Bobby no le soltó la mano. Se quedaron allí parados, a unos pocos centímetros de distancia. Podía palparse la atracción entre ambos... la misma atracción que había metido a Stella en ese lío. ¿Por qué había dejado que algo tan ridículo como el deseo lo estropeara todo? Debería apartarse, soltarse de su mano, se reprendió a sí misma. Igual que debería haberse mantenido apartada de él hacía dos meses.

A pesar de que llevaba botas de tacón alto, Stella tenía que levantar la cabeza para mirarlo. Él tenía el pelo revuelto, barba de una semana, ojos enrojecidos. No era el dandi que ella recordaba, aunque su aspecto desarreglado no le restaba atractivo. Al contrario, le hacía parecer más real.

Al pensar de que era inevitable que Bobby le dijera que el bebé no era problema suyo, Stella sintió un nudo en la garganta. Por alguna ridícula razón, tenía ganas de darle las gracias por no haberla rechazado nada más haber conocido la noticia. Debía de ser culpa de las hormonas, pensó. Solo porque él no le hubiera dado una patada en el trasero no significaba que no acabara haciéndolo. Estaba conmocionado, eso era todo.

El hecho de sentir la misma atracción que la había llevado a él hacía dos meses no hacía más que complicar las cosas. Había sido incapaz de resistirse a sus encantos, a su risa, a sus roces.

No había ido a verlo a él, por muy guapo que fuera y por muy bien que lo hubieran pasado juntos hacía dos meses. Estaba allí por el bebé.

Entonces, cuando Bobby habló, echó por tierra todo lo que ella creía haber comprendido sobre la situación.

–Me alegro mucho de volver a verte.

Stella se quedó paralizada. ¿Por qué diablos decía eso Bobby? ¿Y si lo decía porque se sentía obligado? ¿Y si su miedo no se debía tanto a que estaba embarazada, sino a que era la hija de David Caine? ¿Y si se estaba portando como un caballero solo por miedo a lo que su padre podía hacerle cuando lo descubriera?

Antes o después, iba a tener que enfrentarse con su padre. Aunque quería y necesitaba enfrentarse con Bobby primero. Como poco, esperaba lograr de él la promesa de mantenerlo en secreto. También, le gustaría obtener una promesa de apoyo por su parte, pero no quería arriesgarse a que el bebé tuviera que soportar el rechazo de su propio padre. Ella misma había tenido que vivir con esa experiencia toda su vida, y no se la deseaba a nadie.

Sacándola de sus pensamientos, Bobby le acarició la barbilla y le dio un beso en la mejilla.

–¿A pesar de que…? –balbució ella. Al instante, se interrumpió. Sonaba demasiado patética y necesitada y… todo lo que ella odiaba.

–A pesar de todo –contestó él–. Ven.

Bobby le ofreció su brazo y ella aceptó. Mientras caminaban, la temperatura no hacía más que subir entre los dos. Ya había cometido ese error una vez. No podía dejar que la atracción que sentía le nublara la mente de nuevo.

En dirección al ascensor, pasaron por delante de una moto muy llamativa, de color azul eléctrico.

—¿Es tuya?

Bobby asintió, mientras esperaba que llegara el ascensor.

—La construí yo mismo. Pero no la conduzco cuando hace frío. No la sacaré hasta primavera.

Las puertas se abrieron y entraron. Él no le había soltado la mano en ningún momento.

Subieron hasta el último piso en silencio.

«A pesar de todo». Las palabras de Bobby resonaron en su cabeza.

A pesar de que había sido lo bastante estúpida como para quedarse embarazada, se dijo a sí misma. A pesar de que había sido tan idiota como para romper sus propias reglas sobre no tener aventuras con hombres que no conocía en una fiesta nocturna. A pesar de que era la hija de David Caine… A pesar de todo, él se alegraba de verla.

Tal vez no debería haber ido a verlo. Igual hubiera sido mejor ir directamente a hablar con su padre, alegar que no sabía quién podía ser el padre del bebé e insistir en que pensaba criarlo sola. Su padre nunca habría establecido el vínculo entre Bobby y ella. O, quizá, sí. David Caine era uno de los hombres más ricos de Inglaterra y tenía recursos de sobra para investigar sus movimientos en los últimos meses.

Por eso, más que nada, estaba ella allí. Si iba a desencadenar la ira puritana de su padre con Bobby, al menos, quería advertírselo. El bebé era también de él, al fin y al cabo.

Bobby la condujo por un largo pasillo y abrió una puerta con llave. Entró primero, encendió las luces y cerró la puerta tras ellos.

–Aquí estamos.

Stella respiró hondo. El lugar estaba muy silencioso. No había señales de que nadie hubiera estado allí hacía mucho tiempo.

–Sí. Muy bonito.

El piso no era como ella había esperado, pero eso empezaba a ser lo más habitual con Bobby. La decoración era austera, los muebles eran modernos y estilosos. Había un juego de sofás de cuero negro dispuesto con mucho gusto. La mesa del comedor era de cristal negro, con sitio de sobra para ocho; encima solo había un pequeño marco con una foto. Todo estaba inmaculado, no había ni una mota de polvo. Parecía preparado para dar una fiesta de cóctel en cualquier momento.

Sin duda, Bobby había pensado bien cómo diseñar aquel espacio, pensó Stella. De pronto, se arrepintió de haber rechazo su oferta de ver los planos del complejo residencial.

Bobby se acercó detrás de ella. Stella se desabrochó el cinturón y dejó caer el abrigo por sus hombros. Sintió el cálido aliento de él en la nuca. Lo único que quería era apoyarse en su pecho y sentir el calor de su cuerpo. ¿Lo notaba él? ¿Sabía lo mucho que lo deseaba? Tal vez. Hacía dos meses, con solo rozarle el lóbulo de la oreja, había logrado que ella se le entregara por completo.

Al quedarse sin el abrigo, Stella se estremeció. Debía de ser por el súbito cambio de temperatura, se dijo a sí misma, no por el recuerdo de sus besos.

–¿Has comido? –preguntó él y, posando la mano en su espalda, la guio hacia la cocina.

—¿Cómo?

Bobby esbozó una sonrisa cálida y tentadora.

—Yo no he cenado. Prepararé algo.

De nuevo, Stella percibió esa extraña sensación que no podía identificar con exactitud. ¿Se estaba comportando como un hombre encantador porque así era con todo el mundo… o estaba cuidando de ella? Era la misma sensación que había tenido cuando él le había ofrecido el sillón de su escritorio para sentarse en aquel horrible tráiler.

Nadie, aparte de Mickey, se había molestado en cuidarla desde que su madre había muerto hacía diecisiete años. Stella tenía solo ocho años, entonces. En el presente, los recuerdos de su madre se habían difuminado y ya no estaba segura de qué había inventado y qué era real. Pero su memoria guardaba amorosas escenas de Claire Caine envolviéndola en una toalla después del baño, secándola, ayudándole a ponerse su pijama favorito y contándole un cuento antes de dormir. Stella se había sentido amada y protegida, hasta que, de golpe, todo había desaparecido.

Parpadeando, intentó quitarse de la cabeza los años que habían seguido a la muerte de su madre. Bobby estaba rebuscando dentro de un enorme frigorífico. Si llevaba una semana fuera, ¿qué podía tener allí que fuera todavía comestible? Solo de pensarlo, a ella se le revolvía el estómago.

Antes de que cualquier olor desagradable pudiera asaltarle, Stella salió de la cocina. Sus náuseas amenazaban con volver. El viaje en avión había sido terrible. Se había pasado dos días en la cama del hotel, tomando agua con gas y pedacitos de tostada.

–Disculpa, ¿dónde está el cuarto de baño?

Bobby levantó la cabeza de golpe, con las manos llenas de cosas.

–¿Qué? Ah, sí, perdona. La última puerta por el pasillo. De paso, puedes echar un vistazo por ahí si te apetece.

Después de usar el servicio, entró en una habitación que tenía una mesa de billar. En otra, encontró una enorme televisión y cómodos sofás. La tercera tenía una cama perfectamente arreglada, lo bastante grande para cinco personas.

¿Dormiría Bobby con alguien? Quizá fuera la clase de tipo que se llevaba a casa a una mujer distinta cada noche. Era muy posible, la verdad. Lo único que ella sabía de él era que era la clase de hombre que salía de una sala de fiestas y tenía sexo en un coche.

Cuando regresó a la cocina, el olor a comida, a huevos, queso, beicon y verduras a la plancha la envolvió. De pronto, estaba hambrienta.

Bobby estaba de pie ante un pequeño mostrador, cortando algo. Tenía un trapo sobre el hombro, un cuchillo y una tabla de cortar. A su lado, un par de sartenes se calentaban en los fuegos encendidos. Parecía estar en su salsa cocinando.

–Huele muy bien.

Él levantó la vista con una sonrisa de satisfacción.

–Revuelto de verduras y beicon.

–¿Sabes cocinar? –preguntó ella, sin poder ocultar su sorpresa–. No te lo tomes a mal, pero no imaginé que…

–No te preocupes –repuso él, sonriendo todavía más–. No estropeará mi imagen, ¿verdad?

–No.

–Prométeme que no se lo contarás a mis hermanos. Ellos no valoran la cocina igual que yo.

Ah, sí. Sus hermanos. Su serie de televisión se llamaba *Los hermanos moteros,* y trataba de toda la familia. Eso explicaba el artículo de prensa que ella había encontrado en televisión. La verdad era que no había visto el programa. Odiaba ver la cadena de su padre, pues le recordaba que David Caine le había dedicado mucho más tiempo que a ella.

–¿De dónde te viene tu afición?

–Yo pasaba más tiempo con mi madre –contestó él, echó un vistazo a una sartén y removió su contenido un momento–. Billy tiene ocho años más que yo y Ben, cinco. Siempre estaban ocupándose de sus cosas, mientras yo seguía en el colegio. Mi madre me recogía de clase, me llevaba a casa y preparábamos la cena juntos.

A Stella le dolió el corazón de escucharlo. La escena de una madre amorosa con quien hablar, cocinar y pasar el tiempo le hacía recordar sus carencias.

–¿Todavía cocinas con ella?

Dándole la espalda, Bobby se quedó paralizado un momento.

–Murió cuando yo tenía dieciocho años.

–Yo tenía ocho cuando la mía falleció.

Las palabras escaparon de los labios de Stella antes de que pudiera pensarlas. Ella nunca le hablaba a nadie de Claire. Había aprendido hacía mucho que hablar de su madre estaba prohibido. Su padre afirmaba que era demasiado doloroso. Quizá, ella le hacía recordar a la esposa que había perdido. Tal vez, esa era la razón por la que su padre nunca quería verla.

A Stella, eso le había hecho casi tanto daño como la muerte de su madre. Desde entonces, su padre la había ignorado, la había enviado a un internado tras otro y le había encargado su cuidado a Mickey.

Justo cuando había guardado ese pensamiento doloroso en un rincón de su memoria, como siempre solía hacer, Bobby la sorprendió dejando lo que tenía en la mano y acercándose a ella para darle un fuerte abrazo. Fue un contacto tan inesperado que se quedó petrificada. La gente no acostumbraba a tocarla. Incluso Mickey lo más que hacía era ofrecerle su brazo. Su padre no la había tocado desde hacía años. No podía recordar cuándo había sido la última vez que alguien la había abrazado.

No, se dijo a sí misma. Sí, lo recordaba. Bobby había sido la última persona que la había rodeado con sus brazos. La había estrechado contra su pecho como si hubiera significado algo para él.

—Lo siento —murmuró él en su pelo—. Debió de ser muy difícil para ti.

Stella sintió un nudo en la garganta, al borde de las lágrimas.

—Gracias —logró decir ella sin ponerse a gimotear.

Bobby le dio un pequeño apretón y se apartó para mirarla.

—¿Estás bien?

—Muy bien, sí.

Stella logró tragarse su tristeza. Lo que necesitaba no era centrarse en el pasado que no podía cambiar, sino en el futuro moldeable. Estaba embarazada. Y pensaba hacer cualquier cosa con tal de asegurarse de que su bebé no sufriera como ella había sufrido.

Bobby la soltó y volvió junto a las sartenes. La comida olía de maravilla. En parte, Stella quería disfrutar del momento y no pensar en nada. Él estaba haciendo la cena. La había consolado cuando ella se había puesto triste. Si pudiera contar con esos pequeños detalles todos los días, de forma habitual... Sería tan maravilloso tener a alguien en quien poder contar, alguien aparte de Mickey.

Por desgracia, esa suerte no estaba reservada para ella, se dijo, mientras Bobby le daba la vuelta a las lonchas de beicon al fuego. Él se estaba comportando así porque le convenía para sus negocios. De ninguna manera, su amabilidad podía ser indicador de un futuro feliz. Ella no había ido en busca de un marido. Había ido porque creía que era lo correcto advertirle. Había querido darle una oportunidad.

Eso era lo único que quería para su bebé. Una oportunidad.

En un santiamén, Bobby colocó en dos platos las lonchas de beicon junto a huevos revueltos y tostadas con mantequilla.

–No tengo té –informó él, mientras la cafetera avisaba de que el café estaba listo.

–No pasa nada. Huele muy bien.

Él llevó los platos a la mesa y los puso juntos, a pesar de que la enorme mesa estaba vacía, a excepción del marco con una foto en el que Stella se había fijado al entrar. Estaban tan juntos que casi se tocaban.

Entonces, vio la foto.

Capítulo Tres

Después de dejar los platos en la mesa, Bobby se fue a por el café. Esperaba que a Stella le apeteciera café. Su cuñada, Josey, no había podido ni probarlo cuando estaba embarazada.

Cuando regresó a la mesa con las dos tazas, se dio cuenta de lo que Stella estaba haciendo. Tenía la foto entre las manos y la estaba observando.

—Estos somos... nosotros —susurró ella en voz apenas audible.

De inmediato, Bobby comprendió por qué Stella estaba allí. No era solo para informarle de su embarazo, aunque también. Esa única palabra era la razón de su presencia. Había ido hasta allí para comprobar si había un nosotros.

Maldición.

No podía darle un nosotros.

Eso no había sido lo que habían acordado. Ella le había dejado muy claro que no quería nada estable. Ni siquiera había querido darle su teléfono. Y, una vez que él hubo sabido quién era, no podía culparla. Si David Caine fuera su padre, él también haría todo lo posible por no enojarlo.

Bobby había seguido sus deseos. Por eso, no la había invitado a comer al día siguiente, ni la había buscado en los dos meses posteriores.

Debería haberlo hecho. Si hubiera tenido la más mínima idea de que estaba embarazada, lo habría hecho. Sumido en sus pensamientos, se contuvo para no dejar caer las tazas y abrazarla. Sentía una poderosa necesidad de protegerla.

El embarazado, su necesidad de estar con ella... Todo aquello era un problema, caviló Bobby.

No tenía tiempo de dejarlo todo y ponerse a jugar a las familias con nadie, menos aún con Stella Caine. Dentro de unos años, tal vez. Su inversión urbanística daría beneficios, tendría un ático para él solo... Entonces, igual querría tener a alguien como ella en su cama todos los días. Sin embargo, en el presente...

Por eso, le contó solo parte de la verdad.

—Me hago fotos con los famosos que conozco. Tengo una pared llena de ellas en la tienda —señaló él. Y era cierto—. Es bueno para nuestra imagen de marca. Nos da publicidad —añadió. Cuando ella no dijo nada, se sintió obligado a seguir hablando—. Es una foto muy buena.

Lo era. Bobby la rodeaba de la cintura con un brazo mientras ella estaba de espaldas a la cámara, mostrando su piel cremosa con ese vestido que le dejaba la espalda al descubierto. Por encima del hombro, miraba al objetivo con una sonrisa llena de picardía. Los ojos le brillaban. Tenía la mano sobre el pecho de Bobby.

Lo que la foto no mostraba era que, segundos después, Bobby la había besado en el lóbulo de la oreja. Tampoco mostraba cómo se habían escapado de la fiesta veinte minutos después. Aunque Bobby recordaba esas cosas cada vez que miraba la imagen.

Stella tocó el cristal del marco con la punta de un dedo.

—¿Por qué está aquí, entonces?

—¿Cómo?

Ella lo miró a los ojos.

—Han pasado ocho semanas. No la has colgado todavía.

—No he ido mucho a la tienda últimamente.

No era mentira, aunque tampoco era la verdad, reconoció él para sus adentros. La verdad era que, cada vez que miraba los ojos brillantes de Stella en esa foto, recordaba la sensación de tener su esbelto cuerpo entre los brazos, la forma en que se había entregado a él con ardiente pasión, cómo se había acurrucado en su pecho después de la primera vez, su sonrisa pícara todavía más pícara y satisfecha.

Debería haber sido solo sexo. Un encuentro tórrido y fuera de lo común, pero solo sexo. Sin embargo, Bobby se había sorprendido pensando qué posibilidades tenía de mantener una relación con aquella mujer refinada y culta que sutilmente lo provocaba y le hacía reír. Había estado con muchas mujeres, pero ninguna le había hecho sentir como Stella. Cuando estaba con otra mujer, estaban juntos para pasarlo bien, pero también porque él tenía algo que ofrecerles, ya fuera su influencia, sus buenas conexiones... Pero Stella no había estado interesada en sacar ningún beneficio. Solo había estado interesada en él.

Si hubiera colgado su foto en la pared de la tienda de motos, mezclada con las de otras celebridades, algunas de las cuales también habían dormido con él, eso habría significado que era como las demás.

Y Stella era distinta.

–La cena se está enfriando –fue todo lo que Bobby acertó a decir.

Después de sujetarle la silla para que sentara, él tomó asiento a su lado, tan cerca que podían tocarse.

–Está muy rico –dijo ella, devorando la tortilla en un par de bocados.

–Me alegro de que te guste. ¿Has tenido muchas náuseas mañaneras?

Ella se encogió de hombros, todavía masticando.

–Un poco. El vuelo fue horrible –contestó ella, haciendo una mueca.

–¿Has ido al médico?

Stella hizo una pausa, luego, se relajó.

–Sí, hace dos semanas. Estoy de ocho semanas y la fecha prevista del parto es el veinticuatro de junio.

Una fecha, aunque fuera tan lejana, era algo real y concreto, caviló Bobby. Sin levantar la vista de su taza de café, se quedó repitiendo mentalmente ese día. El veinticuatro de junio sería padre.

Aquello era real.

–¿Qué quieres?

Bobby pronunció la pregunta sin pensar en sus palabras.

Eran las palabras equivocadas y lo sabía.

Bobby percibió que ella levantaba de nuevo su coraza de hielo y caminó hasta el otro extremo de la habitación, poniendo distancia entre ellos.

–No se trata de lo que yo quiera, ya no –señaló ella–. No me quejaré de las consecuencias de mis actos. Pero, si tengo este hijo, necesito ciertas seguridades sobre su futuro.

Bobby se quedó dándole vueltas a su frase en tiempo condicional. Quizá, él no estuviera preparado para ser padre. Igual nunca lo estaría. Pero era un Bolton y, si había una cosa que los hombres Bolton valoraban por encima de todo, era la familia. Su padre se había casado con su madre cuando tenían diecisiete años, después de que su madre se hubiera quedado embarazada de Billy. A pesar de los altibajos de veinticinco años de matrimonio y una empresa de motos, la familia siempre había sido lo primero para ellos.

Si Bobby iba a ser el padre del bebé de Stella, entonces, ella era parte de su familia, se dijo Bobby. Era impensable verlo de otro modo. Solo tenía que reunir su valor y… Casarse con ella.

Debía asegurarse de que el bebé fuera un Bolton y llevara su apellido. Aquel pensamiento lo conmocionó tanto que se le nubló la vista y le temblaron las rodillas. Casarse. Diablos.

Por suerte, Stella no había visto su reacción. Aunque lo más probable era que estuviera esperando una respuesta razonable.

—¿Qué clase de seguridades?

Bobby se dio cuenta de que ella respiraba hondo antes de responder. Por lo demás, su invitada seguía actuando como si fuera una pared de hielo.

—No tendré un niño para que sea usado como peón, ni un niño al que su padre no quiera. Prefiero que nunca sepa que existes antes que viva sabiendo que no lo quieres.

Aquella afirmación quedó suspendida en el aire.

Algo en sus palabras hizo reflexionar a Bobby. David Caine era famoso por sus valores conservadores. Era un firme defensor de la abstinencia como método anticonceptivo en el matrimonio y estaba en contra del aborto, incluso en casos de violación o incesto. Cuando él había firmado el contrato para la difusión de *Los hermanos moteros,* había accedido a una cláusula moral que se adhería a todos los principios de Caine. El magnate tenía una estricta opinión de lo que consideraba mala publicidad, algo que quería evitar a toda costa. Su concepto de mala publicidad incluía, básicamente, cualquier cosa que pudiera llevar a un hombre a salir en las columnas de cotilleos de los periódicos.

Dentro de eso, por supuesto, estaba el dejar embarazada a su hija fuera del matrimonio.

Aunque esa situación concreta no estaba recogida en el contrato, Bobby tenía la sensación de Caine haría mucho más que escindir su acuerdo con FreeFall TV. Sin poder evitarlo, pensó en Mickey, que todavía no le había devuelto su pistola. Diablos, Caine podía, incluso, ordenar que lo mataran.

A Bobby no le gustaba la distancia que Stella había puesto entre ambos, ni las heladoras palabras que acababa de pronunciar. Tampoco quería verla llorar o ponerse histérica, aunque ese frío desapego le estaba sacando de quicio.

Apenas se conocían. La situación inesperada podía echar por tierra todos los planes de Bobby y, probablemente, también los de ella. Eso no cambiaba lo sucedido. Se habían conocido, habían sentido una química instantánea y se habían dejado llevar. Tampoco había sido capaz de dejar de pensar en ella.

Lo único que Bobby sabía era que Stella había hecho mal al no darle su número de teléfono cuando se habían despedido hacía dos meses. Era hora de hacer las cosas a su manera, pensó él. Así que se acercó a ella, la rodeó con sus brazos y la besó en la nuca.

La piel de Stella estaba fría, su cuerpo, tenso. Iba a esforzarse en mantener su fría actitud. Pero Bobby no se lo iba a permitir, mientras la besaba por el cuello hasta llegar a ese punto especial, ese punto en el lóbulo de la oreja, medio escondido detrás de un pendiente de plata. Cuando le rozó la zona con la lengua, ella se estremeció.

Durante un instante, Stella arqueó la espalda y se apoyó en él. Sí, pensó Bobby. Estaba logrando ablandarla.

Sin embargo, ella se apartó de golpe.

–Para.

Él se quedó paralizado. Pero no la soltó. La abrazó con más fuerza, esperando que se rindiera. Le recorrió el cuerpo con las manos, hasta posarlas sobre su vientre. No se notaba abultado, ni tenía ningún signo de estar encinta.

–¿Es eso lo que quieres? ¿Quieres que este bebé no sepa nunca mi nombre? ¿Quieres que ignore que lo quiero?

Stella volvió la cara.

–No se trata de qué quiero yo –repitió ella, aunque no sonaba muy convencida–. Se trata de qué es mejor para todos los implicados.

Maldición, Bobby estaba harto de su forzado desapego. Estaban hablando de una vida, de su bebé.

Con cuidado de no hacerle daño, él hizo que se

volviera y la acorraló contra la puerta del balcón. El cuerpo de ella seguía rígido y frío.

Como Stella se negaba a mirarlo, él la sujetó de la barbilla y le levantó la cabeza, hasta que sus ojos se encontraron. Su expresión delataba el más puro terror ante lo que él pudiera decir a continuación.

—No me importa lo que los demás piensen que es mejor. Solo me importa lo que tú quieres.

Bobby percibió una sombra de duda en sus ojos antes de que los cerrara.

—Es mejor así.

Stella parecía al borde de las lágrimas, sin embargo, eso a él no le detuvo. Necesitaba que ella le demostrara que aquello le importaba, para bien o para mal.

—¿Mejor para quién?

Bobby la besó con suavidad en los labios.

Entonces, como un rayo, la fría coraza de Stella se derritió. Le rodeó el cuello con los brazos y lo atrajo a su boca. Sus lenguas se entrelazaron.

Él no podía negarlo. La deseaba.

No había dejado de desearla desde aquella noche, hacía dos meses. A pesar de sus largas horas de trabajo y de su obsesión por llevar adelante las obras, no había podido dejar de pensar en ella.

Al sentir su calor entre los brazos, el cuerpo de Bobby respondió. Cuando más suave se volvía ella, más duro se ponía él. Y más caliente, hasta que le ardía la piel, desesperado por sentir su cuerpo desnudo.

La primera vez, no había sido por accidente. La química entre ellos era electrizante, más fuerte de lo que Bobby había experimentado jamás. Ansiaba hundirse en su cuerpo, sentir cómo ella liberaba la fuerza de su deseo de nuevo.

Lo malo era que no tenía ni idea de cómo quitarle ese complicado vestido con corsé.

Bobby se apartó un momento. Ella lo miró, sus ojos dos pozos rebosantes de deseo. Oh, sí, esa era la mujer que lo había vuelto loco hacía dos meses. Una dama sensual, ingeniosa, consciente de su poder sobre él y complacida de cederle un poco de poder sobre sí misma.

Cielos, cómo se alegraba Bobby de verla. No quería que se marchara nunca. No podría soportar tener que perderla por segunda vez.

Ardiendo, la besó de nuevo, acariciándole los labios con la lengua, saboreándola. La había echado de menos tanto que no podía explicárselo. No era la clase de hombre que se enamoraba de una mujer. Nunca había querido tener pareja, menos aún, ser padre.

Pero ella tenía algo que…

El teléfono móvil de Stella sonó.

–Lo siento –murmuró ella, yendo a contestar–. Debe de ser Mickey.

Sí, Bobby se había olvidado de aquel tipo.

Stella sacó el teléfono del bolsillo del abrigo.

–¿Sí? Sí. No.

Bobby no podía oír lo que decía el pelirrojo, aunque podía adivinarlo. Mickey estaba en algún lugar cercano, esperando que ella le diera la orden para entrar, dispararle y llevársela de su casa.

Bobby no estaba listo para dejarla marchar todavía. Se acercó a ella y le tendió la mano hacia el teléfono.

–¿Puedo?

Ella le lanzó una cómica mirada, mezcla de confusión, frialdad, duda y una gran porción del deseo que hacía unos segundos le había enrojecido los labios.

–Solo quiero hablar con él un minuto.

–Sí, está aquí. Quiere hablar contigo –dijo ella, y le tendió el teléfono a Bobby.

–¿Te estás portando bien, chaval? –preguntó Mickey.

Bobby sonrió entre dientes.

–Estamos bien, gracias por preguntar. He estado pensando que no sé dónde se aloja Stella, pero si va a andar entrando y saliendo de un hotel, los *paparazzi* puede que la descubran. Incluso puede que inventen alguna historia que sacar en la prensa rosa sobre ella.

–No me digas –repuso Mickey con tono cortante.

–Sí. Quizá, sería mejor para su bienestar a largo plazo que recurriera a un hospedaje más adecuado, al menos, durante el fin de semana.

Cuando Stella lo miró arqueando una ceja, con los labios apretados, Bobby volvió a tener ganas de besarla.

–¿Estás hablándome en español antiguo?

Bobby le dedicó una sonrisa a Stella.

–Creo que deberías quedarte aquí el fin de semana.

–¿Qué? –dijo ella.

–¿Qué? –dijo Mickey al otro lado de la línea.

Bobby ignoró al pelirrojo.

–Quédate aquí conmigo. Hasta que decidamos qué es lo mejor para todos.

–Oh –murmuró Stella con ojos como platos.

–Por todos los diablos, ¿qué está pasando aquí? –rezongó Mickey–. Pásame a mi chica otra vez.

Esa última parte, la que hacía referencia a Stella como su chica, le resultó un poco extraña a Bobby, pero decidió dejarlo correr. Lo que Mickey necesitaba era asegurarse de que había cumplido con su deber de proteger a Stella. Lo fundamental era que él no pusiera obstáculos ni levantara la más mínima sombra de duda sobre su bienestar, se dijo.

–Por supuesto –repuso Bobby, y le tendió el teléfono de nuevo a Stella, aunque sin moverse de su lado. Además, entrelazó sus dedos con los de ella.

–No, yo no… pero está bien. Sí. Sí. Si crees que está bien… –balbució Stella, apretándole la mano a Bobby–. Bien –añadió, y colgó el teléfono–. Vendrá a traer mis cosas –explicó con nerviosismo.

Bobby lo entendía. Después de todo, ella acababa de aceptar lo que podía convertirse en un fin de semana íntimo con alguien que era poco más que un extraño.

–Yo dormiré en el sofá.

–No quiero echarte de tu cama.

Sin embargo, por su mirada, Bobby adivinó que para ella era un alivio el no verse acorralada.

–No es problema. Pero todavía tenemos mucho de que hablar. Ahora mismo, solo sé unas pocas cosas. Sé que nos conocimos hace ocho semanas, que hubo algo entre nosotros, algo especial. Sé que no he podido dejar de pensar en ti desde entonces. Sé que me alegro de verte. Sé que tu padre no sabe dónde estás y que ambos queremos que siga siendo así, hasta que tengamos un plan. Sé que has diseñado y cosido

tú misma ese vestido de encaje. Pero, aparte de eso…
–Bobby se inclinó hacia delante, apartándole un mechón de pelo de la mejilla, maravillado por cómo se le sonrojaba la tez por donde él la tocaba. Stella podía fingir que era una especie de dama de hielo, pero él sabía que no era así. Oculta bajo su frío desapego, ardía una mujer tan caliente como él–. Aparte de eso, no te conozco como me gustaría. Eso es lo que quiero cambiar este fin de semana.

En esa ocasión, Stella no apartó la mirada, no cerró los ojos. Lo miró a la cara.

–Hace falta más de un fin de semana para eso, ¿no?

Si el bebé era suyo, tenían todo el tiempo del mundo, pensó Bobby. Para los hombres Bolton, la familia era lo primero. La familia lo era todo. Por supuesto, no había pensado aún cómo iba a volcarse en eso mientras construía un complejo residencial, producía un *reality show* y ayudaba a dirigir una compañía.

Por eso, necesitaba el fin de semana. Sin contar con que deseaba mantenerla a su lado todo el tiempo posible.

Cuando él sonrió, ella lo recompensó con una sonrisa que rozaba la picardía.

–Entonces, nos ocuparemos de que sea un buen comienzo.

Capítulo Cuatro

Bobby le preparó un baño. Stella había refunfuñado cuando él le había ofrecido llenarle la bañera. Pero él lo había hecho, de todos modos, insistiendo en que la relajaría.

Así que allí estaba ella, desnuda y tumbada en una bañera con hidromasaje. Darse un baño caliente, dormir en la cama de Bobby Bolton, aunque no fuera con él, no había sido el plan. Sin embargo, con el estómago felizmente lleno y la placentera y relajante sensación del baño, apenas podía recordar cuál había sido el plan. Había querido presentarse allí, informarle de la situación y averiguar si él pensaba hacerse cargo del bebé o no. Había planeado decidir, entonces, qué haría. E irse a casa después sola.

Todo aquello la hacía sentir como si a él le importara. No. Aquella sensación no podía ser más que algo fugaz, no encajaría en sus planes. No podía durar. Aparte de Mickey, bendito Mickey, ningún otro hombre había hecho nunca nada por ella. No tenía razones para pensar que Bobby fuera diferente. Aunque, por otro lado, él no había intentado zafarse de la situación en ningún momento.

Stella se acarició el vientre con las manos. Su cuerpo no parecía cambiado, al menos, desde el exterior. Sin embargo, por dentro, estaba hecha un lío.

A lo largo de su vida, había aprendido a protegerse de los caprichos del destino. En ese momento, no se sentía capaz de soportar otro de sus crueles reveses. Pero Bobby... sentía algo por él. Se había sentido feliz a su lado, despreocupada. Había reído con él en la fiesta, cuando él le había contado la disparatada historia de cuando su hermano Billy le había roto la mandíbula. Había reído entre sus brazos en el asiento trasero del coche. Y el orgasmo que había experimentado había despertado en ella todo un abanico de nuevas sensaciones.

En el presente, sus sentimientos parecían estar revolucionados. Pero ella no quería sentir nada. Los sentimientos conducían siempre a la confusión y eran difíciles de controlar.

No le había mentido a Bobby. No permitiría que él usara a su hijo como peón en las negociaciones con su padre. No quería que su hijo sufriera como había sufrido ella a lo largo de toda su vida.

En la distancia, oyó que alguien llamaba a la puerta. Era una llamada fuerte e insistente. Debía de ser Mickey, adivinó ella. El bueno de Mickey, que siempre se ocupaba de ella. No había podido sustituir a una madre, pero se había volcado en cuerpo y alma en su tarea de cuidarla.

Todavía perdida en sus ensoñaciones, Stella oyó la voz de Bobby, aunque no pudo discernir sus palabras.

—¡Quiero hablar con mi chica en persona, si no te importa! —gritó Mickey.

Eso, unido a los sonidos de un forcejeo, sacó a Stella de su estupor. Mickey se abriría paso hasta el dormitorio y, si ella no hacía algo, irrumpiría en el baño.

44

Sin embargo, en vez de que el pelirrojo entrara de golpe en el baño, alguien llamó con suavidad a la puerta.

–¿Stella? Mickey está aquí con tus cosas y quiere hablar contigo. Hay un albornoz colgado detrás de la puerta.

–Sí, un momento –repuso ella y, sin muchas ganas, salió de la bañera.

Fuera, las protestas de Mickey cada vez eran más fuertes. Stella se pasó con rapidez una toalla por el pelo mojado, echando a perder lo que le quedaba de su pulcro peinado.

Cuando abrió la puerta, le sorprendió ver a Bobby parado en el pasillo.

–Os dejaré solos –dijo él, pero antes de cerrar la puerta, le guiñó un ojo a Stella, dejando claro que Mickey no le daba ningún miedo.

–¿Cómo estás? –preguntó Mickey, y señaló dos bolsas de viaje que había colocado sobre la cama–. Ahí están tus cosas.

–Gracias.

Cuando estaba a solas con Mickey, su acento materno le salía con toda naturalidad.

La mirada de Mickey se suavizó.

–Tienes la misma voz de tu querida madre, niña.

No era la primera vez que Mickey le hacía ese comentario, aunque, en esa ocasión, a Stella le emocionó. Los ojos se le llenaron de lágrimas, mientras se llevaba una mano al vientre.

–Oh, no –murmuró Mickey y se sacó un viejo pañuelo del bolsillo del pantalón. Se lo tendió–. No empieces a llorar.

—Estoy bien —fue lo único que pudo decir ella, rechazando el pañuelo. Pero no era cierto.

Mickey dudó un momento, en silencio, antes de guardarse el pañuelo otra vez. Eso era lo que Stella siempre solía hacer, después de todo. Acercarse al borde de las emociones antes de alejarse en la dirección opuesta.

—¿Estás segura de que quieres quedarte con él? ¿Crees que es buena idea?

—Dijo que dormiría en el sofá.

—Ya, ya —dijo Mickey, y empezó a dar golpecitos en el suelo con el pie.

Eso también formaba parte de su rutina habitual. Mickey expresaba sus opiniones con tono absolutista, tanto sobre los trabajos como modelo de Stella, como sobre su vestuario. Luego, siempre se acomodaba a lo que ella deseaba. Esa noche, en la fiesta, hacía ocho semanas, Mickey no había creído que hubiera sido buena idea ir. Le había parecido todavía peor plan el de que Bobby y ella se metieran en el asiento trasero del coche. Pero, en vez de detenerla e impedirle cometer el peor error de su vida, se había quedado de guardia, vigilando para que nadie los interrumpiera.

En realidad, Mickey era un pedazo de pan bajo su tosca fachada.

—Supongo que no puede dejarte más embarazada de lo que ya estás —observó el pelirrojo, sonrojándose al instante cuando Stella le lanzó una mirada reprobatoria—. Sigo pensando que no lo necesitamos. Podemos arreglárnoslas, el viejo Mickey, Lala y el llorón del bebé. Estaremos bien, solos los tres.

Lala. Era el apodo cariñoso con que su madre la

llamaba de pequeña. Ella misma se lo había puesto con dos añitos, cuando no había sido capaz de pronunciar las primeras letras de su nombre todavía.

Su padre nunca la había llamado Lala.

Las cosas habrían sido muy diferentes si Mickey hubiera sido su padre, pensó Stella. Los dos hombres eran amigos desde que nacieron. Mickey Roberts y David Caine había nacido el mismo día en el mismo hospital de Dublín. Habían ido al colegio Campbell, en Belfast, juntos. Habían estado montados los dos en el coche de David el día en que habían visto salir de la iglesia a Claire O´Flannery una tarde de verano. La única diferencia había sido que David Caine provenía de una familia muy rica y Mickey Roberts había podido estudiar y salir adelante solo gracias a las becas escolares y a la buena suerte.

David nunca había olvidado a su viejo amigo. Mickey había trabajado para él como chófer y como guardaespaldas, mientras David había ampliado los negocios familiares al mundo de los medios de comunicación, buscando alianzas siempre con los más poderosos.

Eso había incluido su alianza con Claire O´Flannery. Ni siquiera la piadosa joven católica, que no tenía más de diecinueve años, había podido resistirse a los encantos de David Caine. Ni al dinero que lo acompañaba.

Mickey se ocuparía de su bebé con toda su buena voluntad, igual que se había ocupado de ella, caviló Stella. Pero ya tenía sesenta años y era tosco como pocos. A pesar de sus esfuerzos por actuar como un padre y una madre, no eran dos roles hechos para él.

Ella lo adoraba, pero no podía imaginárselo cambiando un pañal. Al menos, no sin soltar una buena retahíla de palabrotas.

–Lo hemos estado hablando, Mickey. Es su hijo, también. Su opinión cuenta.

Mickey gruñó y lanzó una mirada furiosa a la puerta.

–No me gusta. Demasiado encantador.

–A ti no te gusta nadie.

Eso era cierto. Aunque, lo por lo general, Mickey tenía razón. No le había caído bien Brian, su último novio, que la había dejado cuando ella se había negado a prepararle una cita con su padre. Tampoco Brian, que había querido venderle una idea al multimillonario Caine. Tampoco Neil le había gustado a Mickey, le había parecido falso e insustancial. Luego, Neil la había abandonado en medio de una sala de baile de dudosa reputación para irse a perseguir a una mujer más fácil.

Stella esperaba que se equivocara con Bobby.

Mickey bajó la cabeza. Siempre acababa cediendo a los deseos de Stella.

–Mantén el móvil encendido, ¿de acuerdo? Puedes llamarme a cualquier hora, por la razón que sea.

–Claro. Pero esto es algo que tengo que solucionar sola.

–Supongo que… –comenzó a decir Mickey y se interrumpió con un suspiro–. Si te pone una mano encima, acabaré con él.

–No te preocupes por mí –le tranquilizó ella–. Estaré bien –añadió.

Deseaba poder creerlo.

Bobby tenía los ojos clavados en su móvil. No quería hacer esa llamada. Sin embargo, no tenía elección. Con Stella en su casa, no tenía ninguna posibilidad de cumplir con los plazos previstos.

Por eso, esperaba lo peor.

—Es tarde —dijo Ben, aunque respondió al primer timbre del teléfono, delatando que estaba ante su mesa de trabajo y no en la cama.

—Lo sé. Tengo un problema.

Decir aquellas palabras en voz alta era un duro golpe para la autoestima de Bobby. Encima, decírselas a Ben... Su hermano mayor era un obseso de la responsabilidad. Le esperaba un buen rapapolvo. No solo tenía que decirle que no podría cumplir con los plazos previstos. También tenía que contarle que había dejado embarazada a Stella. En cuanto confesara a cualquier miembro de su familia que iba a ser padre, perdería toda esperanza de tener control sobre su propia vida.

—¿Qué?

—No voy a poder tener preparado a tiempo el informe de ventas.

—Maldición, Bobby. Tengo una reunión con el banco.

—Lo sé, lo sé —repuso él—. Tengo una invitada inesperada en mi casa.

—Más te vale que no sea tu última conquista, que no quiere irse.

Cuando Bobby no dijo nada, se oyó un ruido al

otro lado de la línea, algo así como si Ben hubiera lanzado el teléfono al suelo.

Tras unos instantes, Ben volvió al teléfono. Su voz sonaba más baja, pero mucho más furiosa.

—¿Me estás diciendo que no vas a cumplir con el plazo previsto a causa de una mujer?

Bobby tragó saliva. Ben le había apoyado en la construcción del complejo residencial, pero solo lo había hecho gracias a que su mujer había insistido.

—¿Está despierta Josey?

—¿Qué?

—Josey. Tu mujer. ¿Está despierta? Tengo que hablar con ella.

—Está en la cama. Callie está acatarrada otra vez. Yo me ocupo del turno de noche hoy. ¿Qué diablos tiene que ver Josey con que no puedas hacer tu trabajo porque te has llevado a una chica a casa?

Bobby tomó aliento y, en silencio, trató de escuchar si Mickey y Stella habían salido del dormitorio. No oyó nada. Le quedaban unos minutos para hablar, pero tendría que terminar pronto la llamada.

No quería hacer aquello. Sin embargo, no le quedaba elección. Después de todo, Ben era padre. Podía pedirle consejo. Podía preguntarle qué hacer.

—Mi invitada está… —comenzó a decir Bobby, aunque las palabras se le quedaron bloqueadas en la garganta—. Está embarazada.

Ben no dijo nada, lo que fue una especie de bendición, más o menos. Por una parte, Bobby no tuvo que soportar que lo llamara imbécil ni que lo reprendiera por haberse metido en ese lío.

Por otra, sin embargo, el peso del silencio de su

hermano le resultó peor que sentir un roble milenario sobre la cabeza.

—¿El bebé es tuyo? –preguntó Ben al fin.

—Eso dice ella.

—Asegúrate de que es tuyo. Luego, tendrás que hacer lo correcto, Robert.

—Para eso, no necesitaba llamarte.

—Idiota –murmuró Ben–. Sabes lo que quiero decir.

—Mira, siento haberte molestado. Pero la situación es un poco más complicada.

—Bien.

Eso era lo bueno de Ben. Una vez que lo sacaban de sus casillas, era capaz de volver a centrarse en el problema a la vista. Billy, el mayor de los Bolton, habría ido directamente a casa de Bobby a darle un puñetazo.

—¿Quieres que despierte a Josey?

—No, déjala dormir. ¿Estará en casa este fin de semana?

—Sí. Le diré que te llame –contestó Ben, e hizo una pausa–. Tienes que arreglar las cosas.

Bobby sabía lo que significaba eso. Como su padre siempre repetía, la familia lo era todo. Ese bebé sería un Bolton. Stella y él tenían que casarse, para bien o para mal.

—Lo haré –prometió él.

Justo cuando colgó el teléfono, se abrió la puerta del dormitorio y Mickey salió, con aspecto de derrota.

—¿Te preparo el sofá cama?

—No será necesario.

Stella salió detrás de él, envuelta en el albornoz de

Bobby, con el pelo todavía húmedo por el baño. Estaba preciosa, pensó Bobby, cuando ella lo miró con timidez. Parecía mucho más cercana y más accesible que antes. ¿Llevaría algo puesto debajo? Lo más probable era que no, se dijo, luchando por controlar sus impulsos.

Mickey se aclaró la garganta, interponiéndose en el pasillo entre ambos.

—¿Estás seguro? —insistió Bobby, con el único objetivo de ganarse al pelirrojo—. Hay sitio de sobra. No es ningún problema que te quedes.

Mickey hizo una mueca y se volvió hacia Stella, esperando que ella cambiara de opinión.

—Gracias, pero Mickey estará más cómodo en el hotel —señaló ella.

—Ojo, no dejaré de vigilarte —le advirtió Mickey a Bobby. Luego se giró y le dio a Stella una palmadita en la cara—. Cuídate, niña.

Stella sonrió y se inclinó para besarlo en la mejilla.

—No comas demasiados helados, ¿me oyes? —le dijo ella con dulzura al pelirrojo.

A Bobby se le incendió la sangre al escucharla. Esa Stella se parecía mucho más a la mujer con la que había hecho el amor dentro del coche y no a la fría maniquí que había irrumpido en su tráiler.

Deseó llevarla a la cama, quitarle el albornoz y sumergirse en su suave cuerpo. Quiso escucharla gritar su nombre otra vez.

Sin embargo, lo había prometido. Él dormiría en el sofá. Tenía que hacer bien las cosas. Aunque eso significara pasar la noche en el salón.

Capítulo Cinco

El sofá no era nada cómodo. Bobby se quedó en vela. La falta de cama no era lo único que le quitaba el sueño. No podía dejar de pensar en cómo, cuando Mickey se había ido, los dos se habían quedado parados en el pasillo, mirándose. Él había querido tomarla entre sus brazos y besarla, pero Stella tenía un aspecto tan angelical y vulnerable que no se había atrevido a hacerlo.

–¿Necesitas algo? –había preguntado él, después de unos instantes de silencio.

–No, gracias –había contestado ella–. El baño ha sido muy agradable, pero ahora estoy cansada.

Stella había regresado al dormitorio, sola, y había cerrado la puerta. Bobby se había dirigido a ese instrumento de tortura que era su sofá.

¿Cómo iba a arreglar las cosas? Ni siquiera sabía qué quería Stella que hiciera. Ella no le había dado muestras de querer casarse… Lo único que le había pedido Stella habían sido ciertas seguridades. A qué se refería, él todavía no lo sabía.

Al final, Bobby se rindió, dejó de intentar dormir y decidió centrarse en un problema que sí podía resolver. Stella tenía que comer por dos. Sí, él había logrado preparar una cena decente esa noche, pero no tenía bastantes provisiones para pasar el fin de semana. Así que se levantó, escribió una lista de cosas que esperaba que a ella le gustaran y dejó una nota con su número de teléfono junto a la foto de los dos.

Lo bueno de ir a comprar a las seis y media de la mañana un sábado era que la tienda estaba vacía. Cargó el carro con toda clase de viandas.

Tenía que casarse con ella. Esa era la única salida. Debía asegurarse de que el bebé llevara su apellido. Era la única manera de que Stella no volviera a desaparecer de su vida.

El espectro de David Caine, sin embargo, no dejaba de sobrevolar sus pensamientos. Antes o después, el dueño de FreeFall TV descubriría que su última estrella de la pequeña pantalla había fecundado a su única hija. Antes o después, el director ejecutivo de *Los moteros Bolton* sabría que había roto todas las cláusulas morales del contrato, más otras no escritas.

En cierto modo, tampoco le importaba tanto el *reality show*. Era solo una herramienta para conseguir financiación para el complejo residencial. Tal vez, el mundo no se acabaría porque Caine cancelara el programa de televisión. ¿Pero qué pasaría si retiraba los fondos que había destinado al complejo?

¿Cómo iba Bobby a mantener a su familia entonces?

Llegó un momento en que no cupo nada más en el carro de la compra. En la caja, le llamaron la atención las flores y eligió un ramo con un poco de todo.

Se llevó a casa bolsas llenas de alimentos. Cuando eran más de las ocho de la mañana, se puso a preparar una *quiche* y marinó unos filetes, por si acaso a ella le apetecía carne. Encontró una receta para hacer magdalenas de calabaza y horneó una calabaza.

Enseguida, la cocina empezó a oler de maravilla, lo que sirvió para poner a Bobby de mejor humor. ¿Cuándo había sido la última vez que había cocinado para una mujer?

Marla, en Beverly Hills. Era divertida, llena de energía, guapa y con muy buenos contactos. Habían acostumbrado a acostarse cuando él estaba en la ciudad y, poco a poco, habían terminado pasando toda la noche juntos. Había sido lo más parecido a una relación que él había conocido.

Una mañana, Bobby le había preparado el desayuno, en casa de Marla. Hasta le había puesto una rosa en la bandeja. Sin duda, era el gesto más romántico que había tenido nunca.

Y Marla… casi se había reído en su cara. Él solo había querido tener un detalle con ella. Y ella lo había considerado una tontería.

Bobby tenía que admitir que eso le había dolido, y mucho. Después de eso, su relación había terminado enseguida. Hacía cuatro años y, desde entonces, no había vuelto a ver a Marla más de un par de veces.

Cuando el desayuno estuvo listo, Bobby miró el reloj. Eran las nueve de la mañana, y Stella todavía no se había levantado. Debería despertarla, pensó.

Durante un momento, estuvo a punto de preparar una bandeja, poner un par de flores en un pequeño vaso y llevarle el desayuno a la cama. Pero el recuerdo de la mirada burlona de Marla lo detuvo. No quería que otra mujer se riera de él por sus atenciones.

Después de asegurarse de apagar el horno, llamó a la puerta del dormitorio.

–¿Stella?

No recibió respuesta.

Entreabrió la puerta y se asomó a la habitación, que estaba iluminada por el sol de la mañana.

–¿Stella?

Ella estaba tumbada boca arriba con un brazo sobre la cabeza y las sábanas por la cintura. Su pelo era una maraña revuelta de color negro y llevaba un fino camisón.

El fino camisón se había movido de su lugar y dejaba ver uno de sus pechos.

A Bobby le subió la temperatura al instante. Le había visto los pechos antes, sí, pero eso era diferente.

La escena que tenía ante sus ojos era, por completo, distinta. ¿Cómo podía tener un aspecto tan dulce, tan delicado?

No. No. Bobby echó el freno a sus pensamientos. No era la clase de hombre que despertaba a una mujer que apenas conocía para seducirla, incluso si ella estaba en su cama y habían hecho el amor en una ocasión antes de eso. Bueno, técnicamente, lo habían hecho dos veces.

–¿Stella?

Ella se movió, con lo que dejó al descubierto un poco más de su piel cremosa. Una piel que las manos de Bobby se morían por tocar.

El recuerdo de su cuerpo en el momento del clímax invadió su mente. El poder de su deseo, la forma en que se había agarrado a él… eran imágenes tan eróticas que no quería olvidarlas nunca.

Eran imágenes que ansiaba volver a hacer realidad.

–Stella –dijo él con tono de plegaria. Necesitaba

que ella abriera los ojos, se tapara y parara su tren de pensamientos. Si no, acabaría haciendo algo tan estúpido como despertarla con sus besos.

—Hmm —murmuró ella, y se cubrió la cara con el otro brazo también, arqueó el cuerpo y el camisón se le bajó un poco más.

Ambos pezones quedaron expuestos a la luz de la mañana. Bobby cerró los ojos.

Entonces, se dio cuenta de que sus pies se movían como por voluntad propia, acercándolo a la cama. Hacia ella. No parecía capaz de detenerse. Sus pies conocían el camino. No necesitaba abrir los ojos para llegar hasta allí.

«Estoy metido en un lío», se dijo.

—Stella, cariño —susurró él, arrodillándose junto a la cama. Agarró la sábana y le tapó el pecho.

—Son más de las nueve. Hora de levantarse.

—Hmm —repitió ella, se retorció un poco y, de pronto, abrió los ojos.

Eran de un color verde pálido que Bobby no había visto nunca antes. Eran únicos. Igual que ella.

—Oh —murmuró ella, parpadeando—. Hola.

—Buenos días —repuso él y, sin pensarlo, añadió—: Eres muy bella.

Una sonrisa pintó la cara somnolienta de ella, haciendo sus labios todavía más irresistibles. Entonces, posó una mano en la mejilla de su anfitrión. Él no se había afeitado.

Su contacto hizo que se le acelerara el pulso al momento. Pero, al fin y al cabo, no había sido él quien la había tocado. Él era un caballero.

—Te he hecho el desayuno.

Los dedos de Stella se tensaron, pero no lo apartó de su lado.

—¿Me has hecho el desayuno?

La forma en que lo dijo, un poco sin aliento, sorprendida y complacida, hizo que a Bobby le subiera unos grados más la temperatura.

—Sí. Tostadas con mantequilla y tortilla, zumo de naranja, té y cruasán —contestó él—. ¿Te gusta?

Ella rio con suavidad, un delicado sonido que a Bobby le supo a gloria.

—Has hecho el desayuno para mí —repitió ella. Mientras lo decía, deslizó la mano hasta su nuca. Y lo atrajo un poco más hacia delante.

—Sí —fue lo único que pudo decir Bobby, que se quedó sin aliento por cómo ella lo miraba—. Quería que te sintieras bien. Quiero que te sientas bien.

Al instante, Stella comenzó a besarlo. No era la clase de beso con el que se daban las gracias por la comida. Oh, no. Era la clase de beso que hizo que Bobby se agarrara a las sábanas, luchando por mantener el autocontrol y no devorarla como un león.

Sin embargo, cuando ella le acarició los labios con la lengua, Bobby fue incapaz de mantenerse quieto. Se había portado como un caballero. No había sido él quien había iniciado aquello.

Pero lo terminaría, eso seguro.

Bobby apartó las sábanas, dejando los pechos de ella al descubierto de nuevo. Al ver su cuerpo, su erección creció.

—Eres hermosa —susurró él.

Stella soltó un grito sofocado, sorprendida. ¿Acaso nadie le había dicho lo hermosa que era antes?

Quizá, sí. Había posado como modelo, él lo sabía. Aunque, tal vez, ella nunca se lo había creído.

Sin dejar de mirarla a los ojos, que estaban muy abiertos y llenos de deseo, posó las manos en sus pechos y, muy despacio, le acarició los pezones.

Era difícil ir despacio, esperar y ver cuál era su reacción, se dijo Bobby. Tenía la bragueta a punto de estallarle. No quería ir lento. Quería perderse en el mismo frenesí en que se habían volcado la última vez que habían hecho el amor.

Sin embargo, merecía la pena esperar, se dijo, mientras ella contenía el aliento y lo agarraba con fuerza de la nuca. Sí, a Stella le gustaba cómo la estaba tocando. Cuando volvió a acariciarle el pezón, logró un gemido como recompensa. Esa mujer iba a matarlo de deseo. Y él no quería nada más que una dulce muerte entre sus brazos.

Bobby bajó la boca al pecho de ella. Le lamió la delicada piel del contorno, acercándose al pezón erecto. Stella tenía ambas manos enterradas en su pelo, y lo sujetaba con fuerza, mientras él se esforzaba en ir despacio.

—Oh, sí —suplicó ella con la respiración cada vez más acelerada.

—Mmm —murmuró él, mientras saboreaba su pezón. Su piel sabía a crema con un toque de dulzura. Melocotón y crema, pensó, mientras deslizaba las manos debajo de las sábanas. Las bajó para dejar al descubierto sus braguitas blancas de seda y encaje.

Era tan delicada y femenina… Hermosa, se dijo, metiendo las manos dentro de las braguitas para sujetarle el trasero al tiempo que le lamía el otro pezón.

Le temblaban las manos por el esfuerzo que estaba haciendo para contenerse. En ese momento, más que nada, necesitaba poseerla.

Bobby le quitó el camisón por encima de la cabeza y ella intentó desabrocharle los pantalones. Sin darse cuenta cómo, él terminó tumbado a su lado, medio cubierto con las sábanas. Stella trató de sacarle la camisa por la cabeza, sin conseguirlo. Aunque todavía tenía los pantalones por los tobillos y ella aún llevaba las braguitas de encaje, él no podía dejar de besarla. Se inclinó hacia ella, excitado por la forma en que lo sujetaba de la cintura y hundía las uñas en su espalda con la presión suficiente como para hacerle saber que lo deseaba tanto como él a ella.

Entonces, la besó con pasión, saboreando los sonidos guturales que ella emitía. Eso era lo que le había privado del sueño los dos meses anteriores...

Stella arqueó la espada y apretó hacia él la calidez de su parte más íntima, apenas contenida por las pequeñas braguitas. Él gimió al sentir el delicioso contacto.

En el último minuto, mientras le quitaba la ropa interior, Bobby se acordó de los preservativos. Siempre se ponía uno. Dejándose llevar por la costumbre, abrió el cajón de la mesilla, lo sacó y se lo puso con la precisión de un experto. No tardó más que unos segundos.

Fue tiempo suficiente para que la sombra de la duda planeara sobre el rostro de Stella.

−¿Quieres que pare?

Ella se mordió el labio, que ya estaba bastante enrojecido por sus besos. Maldición. Contenerse, cuando Stella estaba tan hermosa, tan abierta a él, era una agonía que Bobby no había experimentado nunca antes. Pararía si ella se lo pedía. Aunque, después, tendría que darle un puñetazo a la pared.

Stella lo atrajo hacia ella. Él se dejó hacer. Su erección encontró sin problemas en centro húmedo y caliente de aquella hermosa mujer.

Mientras Stella le daba la bienvenida en su cuerpo, él se echó hacia atrás para poder contemplarla. Tenía la boca abierta, pero no emitía ningún sonido. Y los ojos cerrados. Cuando la estaba penetrando, los entreabrió para mirarlo bajo sus largas pestañas.

–Eres preciosa –susurró él, perdiéndose en sus ojos color jade. Era fría en la superficie, pero un volcán de pasión en el interior.

Bobby selló su frase con otro beso y empezó a moverse dentro de ella. La forma en que su cuerpo se tensaba a su alrededor, la manera en que le clavaba las uñas en la espalda… todo en Stella era excitante.

–¿Te gusta así?

–Sí, mucho… ¡Oh!

Una y otra vez, Bobby la penetró, mientras ella dejaba escapar ese pequeño gemido. Al fin, él no pudo contenerse más. La besó con fuerza y se tragó el sonido del placer de su compañera, mientras su cuerpo se rendía al clímax.

Stella no había llegado al orgasmo todavía. Maldición. No podía dejarla atrás. La agarró de las manos y se las sujetó por encima de la cabeza. Ella se encogió y retorció las muñecas entre las manos de él. Entonces, él recordó cómo, la primera vez, Stella se había encogido y se había puesto tensa antes de llegar al clímax.

En ese instante, ella cedió al éxtasis, gimiendo del más puro placer. Bobby salió de su cuerpo y se colocó a su lado para quitarse el preservativo con cuidado. Luego, lo tiró a la papelera que había junto a la cama.

Al momento, la tomó entre sus brazos. Ella emitió un sonido parecido al ronroneo de un gato, acurrucándose junto a su pecho. Sí, había sido difícil ir despacio, pero había merecido la pena, se dijo él.

Y eso era lo que iba a hacer a partir de ese momento.

Ocuparse de darle a Stella lo mejor de sí mismo.

Capítulo Seis

Bobby la apretó entre sus brazos. Su pecho era cálido, sólido y fuerte. Durante un momento, Stella temió que todo hubiera sido un sueño. Había soñado muchas veces antes con despertarse con él a su lado. Pero, en esa ocasión, era real.

Él estaba allí. Le había hecho el amor por la mañana. Y, sobre todo, le había hecho el desayuno.

Suspirando, Stella se acurrucó a su lado, disfrutando de la sensación de no preocuparse por nada. Se alegró de seguir sintiendo lo mismo que la primera vez, hacía dos meses. Era un alivio que no hubiera sido solo una ilusión momentánea.

—Maravilloso —dijo ella en voz alta, sin pensar.

Bobby rio con suavidad.

—Estoy deseando ver qué dices cuando sepas lo que he preparado para comer —comentó, él y la besó en la cabeza.

Al pensar en su estómago, a Stella le sorprendió que no tuviera náuseas. Respiró hondo, tratando de oler el desayuno. Pero su nariz estaba invadida por el aroma de Bobby, a colonia y a su propia esencia personal.

—Empecemos por el desayuno.

—Eso es. Paso a paso.

Ella sonrió, mirándolo a la cara. No estaba recién

afeitado, como siempre solía estar. De hecho, no se parecía en nada al hombre con quien se había ido al coche hacía dos meses. El dandi inmaculado y encantador se había convertido en un atractivo y desarreglado compañero.

–¿Qué tal el sofá?

–Regular. El suelo era un poco más cómodo.

Stella le recorrió el vello rubio del pecho con una suave caricia. Todavía llevaba la camisa puesta, medio desabrochada.

–Creo que esta noche sería adecuado que durmieras en tu propia casa.

Él se estiró a su lado.

–Hay un problema.

–¿Cuál?

–Que igual no dormimos.

Stella notó que se sonrojaba, lo que era ridículo, teniendo en cuenta que acababan de compartir la cama.

De pronto, deseó que las cosas fueran siempre así. Que él le hiciera la cena todos los días, que le preparara el baño, que le hiciera el amor por las mañanas. ¿Qué tenía de malo?

No podía desear esas cosas, se recordó a sí misma con amargura. Se abrazó a él un momento más, tratando de almacenar su recuerdo para cuando lo necesitara más tarde. Aparte de la intimidad física que habían compartido, apenas se conocían. Bobby Bolton seguía siendo demasiado encantador, demasiado cortés. Antes o después, se quitaría la máscara y mostraría cómo era en realidad. ¿Qué sucedería entonces? ¿Usaría al bebé como peón para sacar provecho de David Caine? ¿O, más bien, se alejaría de ellos, privando a su hijo de su amor?

—¿Bobby?

—¿Sí?

Stella tragó saliva, tratando de controlar los nervios.

—¿Por qué has usado preservativo? —quiso saber ella.

La respiración de Bobby se aceleró un momento.

—Cuando fuiste al médico, supongo que te hicieron las pruebas pertinentes para descartar que tengas ninguna enfermedad de transmisión sexual.

—Sí. Pues nuestro encuentro fue… —comenzó a decir ella, y se interrumpió. Fue un encuentro accidental. Sexo con un desconocido.

—Yo no me he hecho pruebas desde enero y quiero asegurarme de no contagiarte nada, si lo tuviera —explicó él, y posó los labios en su boca—. Aunque no es probable. No he estado con nadie más desde la noche que estuve contigo.

En parte, Stella se derritió ante sus palabras. No le había preguntado por esa cuestión en particular porque había temido conocer la respuesta. Se había hecho a la idea de que un hombre que se acostaba con una mujer que acababa de conocer en una fiesta solía actuar así de forma habitual.

Pero Bobby no había estado con otra.

Era casi como si la hubiera estado esperando.

Stella meneó la cabeza, tratando de recuperar la cordura. No era posible que la hubiera estado esperando. Solo era un hombre que sabía decir lo que los demás querían escuchar.

–Tengo que pedir cita en mi médico para que me hagan pruebas de nuevo –indicó Bobby, apartándole el pelo de la frente a su amante–. Y...

Stella contuvo el aliento.

–¿Y?

–Y creo que deberíamos hacer una prueba de paternidad –continuó él, apretándola entre sus brazos un poco más–. Dentro de un par de meses, la gente se va a dar cuenta de que estás embarazada. Incluido tu padre. E incluido mi padre. Cuando tengamos los resultados en la mano, entonces...

No había muchas posibilidades de que David Caine se percatara de que su vientre se estaba hinchando, pensó ella. Para ello, tendría que verla, se dijo con amargura. Era un pensamiento demasiado doloroso para ella.

–¿Entonces?

Bobby respiró hondo.

–Entonces, nos casaremos.

Stella parpadeó. Y volvió a parpadear. Pero la imagen del pecho de Bobby ante sus ojos no cambió. Se clavó las uñas en la palma de la mano, esperando que el dolor la despertara de aquel sueño. Después de todo, había soñado muchas veces con Bobby. Porque no era posible que él acabara de pedirle que se casaran. Al sentir cómo se le clavaban sus propias uñas en la piel, el dolor la hizo caer de golpe en la realidad.

No era esa la razón por la que había ido a verlo. No tenía intención de atrapar a Bobby en un matrimonio sin amor. Pero su corazón pensaba por voluntad propia. De pronto, se los imaginó a los dos viviendo juntos, criando a su hijo como una familia.

Cielos, cómo deseaba que la calidez de esa imagen fuera real. Más que nada en su vida, eso era la que ella necesitaba, una familia propia, un lugar donde encajara y se sintiera querida. Algo que fuera suyo de verdad.

¿Estaba hablando Bobby de eso? ¿De formar una verdadera familia? ¿Una unión en la que el padre y la madre se amaran entre sí y a su bebé, en la salud y en la enfermedad, hasta que la muerte los separara?

¿O se trataba de otra cosa?

Debía respirar, mantener la calma, se dijo a sí misma. Eran dos cosas que había perfeccionado a lo largo de años de tratar con su padre.

Se había pasado casi veinte años esperando que su padre la perdonara, que pudieran ser una familia de nuevo. Más tarde, había llegado a renunciar a ese sueño. Había aceptado que nunca sucedería. A menos que… No podía someter a su bebé a la clase de vida que ella había tenido, llena de rechazo y dolor. Aunque, tal vez, las cosas podían ser diferentes con Bobby. Igual ella podía ser diferente.

Si Bobby decía que la amaba, era posible que ella aceptara. Si le hablaba de formar una familia, de compartir más mañanas como esa, de hacerse viejos juntos, igual corría el riesgo.

–¿Por qué?

–Porque estás embarazada.

Sus palabras la hirieron en medio del corazón.

Stella quiso acurrucarse en una esquina y llorar como una niña. Odiaba esa sensación… la de querer algo que nunca podría tener. Porque era de eso de lo que se trataba. Deseaba algo que no tenía derecho a desear y acababa de recibir su justo castigo por haberse permitido esa pequeña fantasía.

Al menos, Bobby había expuesto su posición con claridad. Al menos, tenía la decencia de ser honesto con ella, de no manipularla. Stella tenía que respetarlo por ello.

Y le debía la misma honestidad.

—No.

—¿Cómo que no?

Ella intentó apartarse. Aquella conversación sería mucho más fácil si no estuviera abrazándola, si ella no tuviera la cabeza sobre su pecho cálido y fuerte.

—Creo que es una respuesta clara y contundente, ¿no?

—Tenemos que casarnos, Stella. No hay otro camino.

—¿No me digas? —replicó ella, apartándose al fin—. ¿Y por qué?

—El problema es tan mío como tuyo. Estoy intentando actuar de forma responsable. Quiero hacer lo correcto.

Cada palabra era como un puñal para ella. Por un instante, había vislumbrado la posibilidad de una familia. Para él, la situación no era más que un problema.

—¿Sabes qué va a hacer tu padre cuando se entere? —prosiguió él—. ¿Puedes hacerte una idea?

Así que se trataba de eso, se dijo Stella. Bobby no estaba preocupado por ella. Ni siquiera estaba preocupado por el bebé. Sin embargo, sí le producía inquietud qué pasaría con los negocios que mantenía con David Caine. Todo se reducía siempre a lo mismo.

Stella se levantó de la cama.

–Gracias por recordármelo. Para que lo sepas, yo lo conozco desde mucho antes que tú.

–No... Espera –rogó Bobby, saliendo de la cama tras ella–. No me he expresado bien.

–No pasa nada. Lo entiendo. Ninguno de los dos habíamos previsto esto y está claro que va a complicar nuestros planes –repuso ella, quebrándosele la voz, mientras se zafaba de la mano que él le tendía. No podía llorar, no debía. Era experta en contener las lágrimas–. No he venido aquí con la intención de casarme contigo.

A Stella se le quebró la voz. Estúpidas hormonas, se dijo.

Con la mayor dignidad posible, dio la vuelta a la cama y se dirigió al baño.

Desde el momento en que había conocido el resultado de la prueba de embarazo, había sabido que estaba sola en ese lío. También, había sabido que criar a su hijo como madre soltera provocaría la ira de su padre, de forma tan horrible que su rechazo de los últimos veinte años le parecería una nadería.

Pero, por un instante, durante unos maravillosos minutos, había esperado que su padre no entrara en la ecuación. Había soñado con poder saborear al fin el amor que tan desesperadamente ansiaba.

Ese instante, sin embargo, había terminado.

Bobby se quedó sentado en medio de la cama, mirando a la puerta cerrada del baño. ¿Qué diablos había pasado?

Él solo intentaba hacer lo correcto. Por supuesto que tenían que casarse. El bebé era tan suyo como de ella, después de todo. Estaban en el mismo barco. Y, si hacían frente común, podrían enfrentarse a las consecuencias mucho más fácilmente. ¿No quería Stella que estuviera a su lado cuando se lo contara a su padre?

¿Qué podía hacer?

Él tenía la culpa, se reprendió a sí mismo. Había apresurado las cosas. Estaba agotado y no pensaba con claridad.

Después de haberla tenido en su cama otra vez, después de saber que estaba embarazada de un hijo suyo, ¿cómo iba a dejarla marchar de nuevo?

Bobby siguió con la vista clavada en la puerta del baño. De acuerdo, habían tenido un mal comienzo ese día. Seguramente, no había sido más un malentendido. Una honesta disculpa a tiempo, una buena exposición de sus intenciones y el problema se resolvería. Ninguna situación era tan desesperada como para no poder arreglarse hablando. Él sabía cómo usar la comunicación para conseguir lo que quería.

Aun así… Debía ser cauteloso. Cabía la posibilidad de que no lo quisiera de la misma manera que él a ella.

Pero ella había hecho un largo viaje para ir a verlo. Eso debía significar algo.

De acuerdo, era momento de reorganizarse, se dijo Bobby. Una retirada táctica sería lo más adecuado. Le daría un poco de espacio, se disculparía por haber apresurado las cosas. Y…

¿Y luego qué?

Bobby se levantó de la cama y se fue al salón, sin dejar de darle vueltas a la cabeza. Quería hacer una prueba de paternidad. Una vez que tuviera el informe que probaba que él era el padre, volvería a hablar de matrimonio.

Después de buscar el número de teléfono de su médico, Bobby llamó y pidió una cita. La enfermera le dijo que lo antes que podían hacer la prueba sería dentro de seis días. Los resultados llevarían una semana más, tal vez, dos.

Bobby tomó la cita. Tenía que pedirle a Stella que se quedara otra semana en su casa, tal vez, dos. O tres. Durante un momento, se permitió fantasear con lo maravilloso que sería despertarse con ella por la mañana, cocinar para ella, llegar a conocerla mejor. Lo más importante era decidir qué iban a hacer a continuación. No quería que Stella regresara a Nueva York sin tener un plan decidido. O sin un anillo en el dedo.

Pero... había apresurado las cosas como un tonto. ¿Le rechazaría ella de nuevo y se iría con Mickey a Nueva York antes de que terminara el día? ¿Lo echaría de su vida para siempre? ¿Cómo iba a soportar verla marchar de nuevo, en esa ocasión, embarazada de su hijo?

Pero esa no era su única preocupación. Bobby tenía obligaciones legales que, si no cumplía, los llevarían a él y a su familia a la bancarrota. Tenía que grabar un *reality show* y tenía que construir un complejo residencial, además de ocuparse de mil detalles para que ambos proyectos tuvieran éxito. Sí, sus hermanos habían invertido mucho también, pero era más que eso. Los sueldos de cientos de personas dependían de que tanto el programa de televisión como la urbanización siguieran adelante.

Diablos, la noche anterior había estado sentado tranquilamente en su tráiler en la obra, preguntándose cómo iba a lograr cumplir con los plazos acordados. Y eso había sido antes de que Stella hubiera regresado a su vida.

La cabeza le daba vueltas.

Entonces, oyó el ruido de un teléfono en la habitación y el suave sonido de la voz de Stella. Probablemente, estaría hablando con ese Mickey. ¿Le contaría que la había seducido a cambio de un desayuno? ¿Le contaría que le había pedido que se casara con él y que ella se había negado? ¿Se presentaría allí Mickey para dispararle con su propia pistola?

Si le pedía a Stella que se quedara hasta que recibieran los resultados de las pruebas, ¿qué haría ella?, se preguntó Bobby.

Por otra parte, no podía dejar que Stella se acercara a las obras. Allí había demasiados testigos, demasiadas cámaras. Lo mismo pasaba con Crazy Horse Choppers, la tienda. Si Cass, la recepcionista, que siempre se tomaba muy en serio los asuntos de los Bolton, descubría que había dejado embarazada a una joven, desataría su ira sobre él. No habían tenido una pelea familiar desde que Ben le había roto la mandíbula hacía casi un año.

Bobby se frotó la cara donde había recibido el golpe. Sí, la tienda no era una opción por el momento. Al menos, hasta que tuvieran un plan.

Si iba a pedirle a Stella que se quedara, sobre

todo, después de su desastrosa proposición de matrimonio, debía tenerla contenta. Si lograba ofrecerle algo parecido a lo que ella estaba acostumbrada, tal vez, aceptaría quedarse y compartir cama con él. Incluso igual conseguía hacer que reconsiderara su propuesta de casarse.

Para hacerse una idea de las cosas que Stella solía hacer en su vida normal, no se le ocurrió nada más que buscar su nombre en Internet.

Lo primero que encontró fue el enlace a su página de Twitter, donde Stella no había escrito nada desde hacía semanas. Luego, encontró una página donde solía publicar fotos de los diseños que le gustaban. El tercer enlace era de una revista de moda con un reportaje sobre ella, titulado «Una modelo diseña su propia línea de ropa».

Era un artículo de cinco páginas con muchas fotos y algunos retazos de entrevista.

Vaya. Stella estaba impresionante. Su esbelto cuerpo ocupó toda la pantalla del ordenador, sus ojos parecían estar mirándolo. Las ropas eran diseños suyos.

Empecé a diseñar cuando no podía encontrar nada que me gustara, romántico y, a la vez, con un estilo rebelde.

No podía encontrar nada que reuniera los dos atributos. Es como si las mujeres adultas no tuvieran permiso para ser las dos cosas a la vez, suaves y duras. Yo quería cambiar eso. La única solución fue diseñar lo que me gustaba.

Bobby se grabó en la mente las palabras de Stella publicadas en la entrevista. En uno de sus comentarios, encontró la información que necesitaba.

Lo coso todo yo misma. Es una labor de artesanía. Me gustaría abrir una pequeña tienda donde las mujeres de todas las tallas y constituciones puedan encontrar algo que les siente a la perfección.

El artículo hacía una mención fugaz a David Caine, solo decía que Stella había asistido a una boda real con su padre, el magnate de los medios de comunicación, con un vestido que se había hecho ella misma.

Para terminar, el reportaje incluía una foto de padre e hija. El conjunto de Stella era de color azul marino, con mangas de encaje, escote cuadrado, cintura ajustada y una falda de vuelo que le llegaba por debajo de las rodillas. Llevaba un sombrero que parecía desafiar la gravedad con una amplia ala que la apartaba del hombre que tenía al lado. Ninguno de los Caine sonreía.

Bobby se preguntó si el encaje llevaría el patrón de pequeñas calaveras, cuando ella habló a su espalda.

—Ah. Veo que has encontrado esa foto.

Cazado. Bobby trató de reír para disipar la tensión. Intentó actuar como si ella no acabara de rechazar su proposición de matrimonio.

—Es la primera vez que la veo. ¿Quieres desayunar?

Entonces, Bobby se giró para mirarla. Su aspecto era mucho más delicado que la noche anterior. Tenía el pelo desenredado y arreglado, pero de una forma mucho más sencilla.

Sin embargo, lo que más sorprendió a Bobby fue lo que llevaba puesto. En vez de una de sus creaciones, llevaba unas mallas de encaje y un amplio suéter color crema que le llegaba casi a las rodillas. Sin poder evitarlo, la rodeó la cintura.

Ella encajaba entre sus brazos como si hubiera sido hecha para eso. A Bobby le había encantado abrazarla desde el principio, cuando la había rodeado con sus brazos para simular protegerla de una bebida derramada a su lado en la fiesta. Le había gustado tanto la sensación de tenerla junto a su cuerpo que había tardado un buen rato en soltarla.

Y allí estaba Stella de nuevo, dándole otra oportunidad de abrazarla.

Bobby no sabía qué quería hacer ella. Pero, mientras la tuviera a su lado, aprovecharía el momento, se dijo. Inclinándose hacia ella, la besó en el cuello, debajo del pelo.

Ella dejó escapar ese sonido tan característico suyo, parecido al ronroneo de un gato. Sin embargo, se apartó hacia atrás.

—Sí, me gustaría desayunar, gracias.

Sus ojos brillantes delataban que le había gustado el beso. Al menos, no había vuelto a decirle que no.

Bobby se fue a prepararlo todo para desayunar. Stella se quedó mirando su ordenador.

Bobby se aclaró la garganta.

—Tengo una cita con mi médico para el jueves. Van a hacerte un análisis de sangre para hacer la prueba de paternidad. Es una prueba sencilla —informó él, y se acercó al ordenador, apretando el botón que mostraba la información sobre la prueba.

—Ya veo —dijo ella, observándolo la página con los hombros tensos—. ¿Y luego qué?

–Eso depende de ti –contestó él. Ya había mostrado sus cartas antes. En ese momento, le tocaba ser más cauteloso–. Cuando te dije que podíamos casarnos, no pretendía agobiarte. No era mi intención.

Con los ojos todavía puestos en la pantalla del ordenador, ella ladeó la cabeza a un lado.

–¿Eh?

–No estaba pensando con claridad. He dormido muy poco. Entiendo que la situación no es fácil y que tienes que hacer lo que sientas que es mejor –explicó él y, al acercarse a ella, notó que se ponía más tensa–. Lo siento. No volverá a pasar.

Stella no le respondió ni con un comentario burlón, ni con una fría mirada, ni con una caricia.

Diablos. Bobby siempre había sabido manejarse con las palabras para salir de cualquier situación. Era experto en convencer a la gente. Con Stella, sus talentos no funcionaban demasiado.

–¿Por qué te estás disculpando? ¿Por el sexo o por tu propuesta?

Enterrado bajo su tono frío e indiferente, hervía su ingenio de siempre, observó él. Todavía, no la había perdido del todo.

–¿Por qué no me lo dices tú?

Ella cerró el portátil, pero no se volvió hacia Bobby. Se quedó allí parada, con la mano en la mesa.

–¿Siempre pides a las mujeres con las que te acuestas que se casen contigo?

Bobby se apoyó en el mostrador, fingiendo tranquilidad.

–No.

Ella esbozó una ligera sonrisa.

–Yo no quiero casarme.

Si no quería casarse, ¿por qué había ido a verlo? No formuló esa pregunta. No quería presionarla.

–Lo entiendo. ¿Te quedarás conmigo hasta el jueves, para que hagamos las pruebas?

Ella asintió. Una pequeña victoria para Bobby.

–¿Y luego? ¿Qué haremos mientras esperamos los resultados?

–Eso depende de ti. Puedes irte a casa.

Bobby la vio tragar saliva y bajar la mirada.

–Sí, supongo que sí.

Si lo hacía, cuando llegaran los resultados de las pruebas, estarían separados por dos zonas horarias. Igual que debía estar con ella para hacer el análisis, debía estar a su lado para recoger los resultados, se dijo él. Estaban en el mismo barco.

–O puedes quedarte. Siempre que quieras, claro.

Con esas palabras, Bobby dio en el clavo. Lo adivinó por la forma en que las mejillas de ella recuperaban el color y sus labios esbozaban una levísima sonrisa. En un instante, su rostro se iluminó.

–¿Qué haremos en ese tiempo?

Primero, iban a tener mucho sexo, del bueno, pensó él. ¿Pero qué más podía ofrecerle a su invitada para mantenerla allí y tenerla contenta?

–Dime qué sueles hacer en un día normal.

–Bueno –dijo ella, tomó el plato que él le tendía y se dirigió a la mesa–. Hago gimnasia, me ducho, dibujo mis diseños, coso. Me encantaría tener un pequeño taller, pero no he podido encontrar la financiación necesaria todavía. Así que trabajo en mi piso. Eso es lo que suelo hacer.

–¿Tienes clientes y pedidos?

–Un pocos clientes para los que hago cosas muy personales. No tengo una línea de diseños todavía. Estoy trabajando en ello –contestó Stella, y bajó la vista–. Mi padre paga mis facturas básicas, así que no tengo que trabajar para vivir.

–¿Tu padre no te quiere financiar el taller?

–Ah, no –dijo ella en voz baja–. Mi plan de negocio no le parece una inversión sólida.

¿Por qué no?, se preguntó Bobby. Era obvio que Stella tenía talento y estilo para lanzar su propia marca. Además, su apellido le abriría muchas puertas. Él no podía asegurar que fuera una inversión millonaria, aunque sabía bastante de marketing. Y sabía reconocer una buena idea de negocio cuando se le presentaba.

–¿Por qué no?

–Dice que no soy lo bastante responsable –repuso ella–. Eso piensan algunas personas. Sin embargo, yo no salgo mucho de noche, no suelo tener aventuras. Solo fui a esa fiesta esa noche porque pensaba que mi padre iba a asistir y no lo había visto desde la boda.

–Se suponía que iba a asistir.

Entonces, sin poder contenerse, Bobby le preguntó.

–¿Por qué yo, entonces?

Stella tenía la mirada clavada en su desayuno.

–¿Sabes que la gente no suele hablar conmigo? –dijo ella tras un momento con voz casi infantil.

–No lo habría adivinado nunca.

–Es la verdad. Para la gran mayoría del mundo, no soy más que la hija inadaptada de David Caine. O tienen miedo de que sea tan cruel como él o quieren aprovecharse de mí para que los lleve hasta él.

Bobby se imaginó a alguien intentando seducirla para conseguir ser presentado a David Caine. Al pensar que alguien la hubiera utilizado así, tuvo ganas de liarse a puñetazos.

—En el artículo que he leído, no hablaban de ti como una inadaptada.

—Quizá, deberías decirle eso a mi padre.

Al escuchar su voz dolida, Bobby se puso furioso sin poder evitarlo.

—¿Piensa él que eres una irresponsable?

A Bobby nunca le había gustado especialmente David Caine, siempre le había parecido un necio arrogante.

—Oh, más bien, sí. No quería llevarme a la boda. Decía que mi vestido era ridículo e inapropiado. Pero yo fui de todos modos —señaló ella con una sonrisa cargada de amargura—. Le dije que ya había aceptado la invitación y que, si no aparecía, sospecharían que algo raro pasaba.

—El encaje de tu vestido… ¿llevaba calaveras?

—Sí. Nadie más se dio cuenta —musitó ella—. Supongo que esa es la razón por la que te fijaste en mí.

Manteniendo la boca cerrada, se limitó a tomarla de la mano y mirarla a los ojos. El gesto de ella estaba pintado por el dolor, la esperanza y la preocupación.

—Stella —dijo él con toda la amabilidad de que era capaz—. Creo que es hora de que me digas por qué has venido.

Capítulo Siete

Stella se quedó paralizada. ¿Acababa de disculparse por haberla abrumado? Había sonado sincero, encima. No solo se había dado cuenta de que la había disgustado, sino que había querido arreglarlo. ¿Cómo era posible?

Su padre le había hecho daño tantas veces sin darse cuenta que ella había creído que era lo normal. David Caine se había olvidado de sus cumpleaños y de felicitarla en Navidad durante años, sin mostrar el menor arrepentimiento. Ella se había convencido a sí misma de que no importaba, de que no necesitaba esas disculpas.

Había llegado a aceptar que no necesitaba que le prestaran atención.

Bobby le prestaba atención. Casi demasiada. En ese momento, esperaba que ella expresara lo que quería para dárselo. Era una sensación muy extraña el que alguien le pidiera expresar sus deseos.

Por eso, Stella no había sabido cómo reaccionar ante la disculpa de Bobby. No había tenido ni idea de cómo actuar. Ni sabía cómo responder en ese instante.

¿Qué quería ella? Era una pregunta sencilla, sí. Aunque, en realidad, era de lo más compleja. El mismo Bobby lo había reconocido.

Y esperaba una respuesta.

–Quiero… –comenzó a decir Stella, y se interrumpió, antes de que las palabras la traicionaran. No podía confesarle que quería tener una familia, solo media hora después de haber rechazado su proposición de matrimonio. Ni siquiera las hormonas del embarazo podían justificar lo contradictorio de sus pensamientos.

Pero eso era exactamente lo que quería, una familia. No una familia obligada, ni forzada, ni surgida de la desesperación. Quería una que estuviera construida solo sobre el amor.

Bobby esperó pacientemente, sin dejar de mirarla. Tenía unos ojos preciosos, de color verde avellana, con brillos dorados a juego con su pelo. Debía de haber perdido la cabeza del todo, se dijo ella, pues mientras lo observaba tuvo el loco deseo de dibujar su retrato.

Debía controlar sus impulsos, se reprendió a sí misma, furiosa por su inestabilidad hormonal. Había estado a punto de delatarse y necesitaba protegerse. Llevaba toda la vida haciendo eso mismo con su padre y había ganado práctica.

–Quiero que te impliques con llamadas, videoconferencias, visitas en sus cumpleaños y en vacaciones. Quizá, cuando nuestro hijo crezca, pueda irse contigo una temporada también –contestó ella, incapaz de mirarlo a los ojos. Ya que había empezado a hablar, decidió que no perdía nada por soltarlo todo–. Se merece tener un padre. Quiero que mantengamos una relación amistosa, por su bien.

Stella quería mucho más que eso, ¿pero qué sentido tenía expresarlo? Bobby le había ofrecido casarse con ella. Sin embargo, no podía forzarle a amarla.

Y ella no iba a conformarse con menos.

No, cuanto antes dejara de fantasear sobre jugar a las familias con Bobby Bolton, mucho mejor. ¿Qué clase de matrimonio le ofrecía él? Le daría su apellido al bebé, lo que sería un gran paso para calmar a su padre. David Caine no toleraría que un bastardo ensuciara su buen nombre.

Y, además de eso, ¿qué?

Stella esperó, pensando que Bobby retiraría la mano. Pensó que se apartaría o inventaría algo que hacer en ese momento para poner distancia entre los dos. Peor aún, podía preguntar qué quería David Caine. O podía manipular la situación para obtener una mejor posición en los negocios, usando a su hijo como peón.

Por eso, cuando Bobby le levantó la mano y se la llevó a los labios, se quedó tan perpleja que casi se cayó de la silla.

—Nuestra relación es un poco más que amistosa, ¿no crees? —murmuró él, besándola en la palma.

Ella levantó la vista hacia él. Seguía observándola y tenía un brillo en los ojos que le recordaba a la primera vez que se habían visto. Entonces, la había mirado como si hubiera sido la única mujer en el mundo.

—Quizás —aceptó ella, hipnotizada.

Él sonrió, pero no fue una sonrisa arrogante ni orgullosa. Parecía realmente complacido con ella. Era una sensación tan extraña para Stella que se preguntó de nuevo si estaría soñando despierta.

Bobby se llevó su mano a la mejilla. Ella se deleitó

al sentir su barba incipiente sobre la piel. Estaba despierta. Maravillosamente despierta.

—Te prometo que, como mínimo, llamaré, escribiré y visitaré a nuestro hijo en vacaciones y en su cumpleaños —aseguró él, y le soltó la mano, dejándosela sobre la mejilla.

Luego, Bobby le tocó el vientre.

—Los Bolton somos hombres de familia, Stella. Este bebé será un Bolton. Yo no podría ignorarlo aunque quisiera… y por nada del mundo mi familia me dejaría hacerlo, tampoco.

La última parte la dijo con un tono diferente, como si fuera una broma de la que quería hacerle partícipe, observó Stella para sus adentros. ¿Pero era una broma en realidad? ¿Le estaba dando ella la oportunidad de elegir? ¿O le estaba condenando de por vida en nombre de la familia?

Cielos, no quería obligarle a ser un padre, por muy fácil que a él le resultara aceptarlo. Deseaba que Bobby quisiera al bebé. Y que la quisiera a ella.

—Con el tiempo, entrará en razón —le había dicho Mickey hacía unas horas—. Espera y verás, pequeña.

Mickey le había dicho esas mismas palabras sobre su padre en numerosas ocasiones. La primera vez había sido la primera Navidad que habían pasado tras la muerte de su madre. Stella había estado casi cuatro meses sin ver a su padre. La habían enviado a un internado días después del funeral. Era la más joven del colegio y las otras chicas se habían metido con ella sin piedad. Cuando había ido Mickey a buscarla al empezar las vacaciones, ella se había derrumbado y había roto a llorar en los brazos de su viejo guardaespaldas.

Mickey había llevado a Stella al piso frío y vacío donde, en una ocasión, había sido feliz. Una niñera se había quedado con ella. Mickey había vuelto la mañana de Navidad con un pequeño regalo, una muñeca con un corazón rojo cosido al pecho.

–Entrará en razón con el tiempo, pequeña –le había prometido Mickey, mientras la había acunado en su regazo–. Conozco a tu padre. Él todavía quiere a su niña preciosa.

Ese era el problema de lós adultos. Les resultaba muy fácil mentir.

¿Estaba mintiendo Bobby también?

Era como si pudiera leerle el pensamiento.

–Una vez que tengamos los resultados, podemos contactar con un abogado de familia y firmar un acuerdo. Tendremos que acordar una pensión de alimentos y un régimen de visitas. Te apoyaré en todo lo que quieras.

Stella asintió. Acuerdos legales, apoyo y visitas. Era justo lo que le había pedido. Bobby iba a cuidar del bebé. Su voz sonaba sólida y segura. Esas eran la clase de seguridades que ella había ido a buscar.

Entonces, ¿por qué se sentía tan decepcionada?

Bobby se inclinó hacia delante con su sonrisa des-arma-dora.

–Si cambias de idea y decides que quieres casarte conmigo, mi oferta sigue en pie.

Pero Bobby no la amaba.

Estaba conforme con hacerlo porque era lo que se esperaba de él. Ella no podía soportar la idea de atarse a un hombre que no la amaba. Para eso, ya tenía a su padre.

—No te preocupes. No te pediré eso.

Entonces, Stella apartó la mano de su rostro y se concentró en su desayuno.

Se le había quedado frío.

Terminaron de comer. Él recogió los platos y los llevó al fregadero. Stella se acercó a él.

—Gracias por hacer el desayuno. Estaba muy rico.

Había estado frío y las tostadas, reblandecidas. No era de los desayunos más ricos que había hecho, se dijo Bobby.

Cuando la miró de reojo, vio que ella tenía la cabeza gacha y parte del pelo le cubría el rostro. Podía tocarla con solo moverse unos milímetros, rodearla con sus brazos y apretarla contra su pecho.

No sería una buena idea, pensó, ya que tenía las manos empapadas y enjabonadas.

—De nada.

Ella levantó la vista hacia él.

—Yo… yo no pensaba que fueras la clase de hombre que lava los platos.

—Tengo una persona que limpia la casa. Pero a mí me gusta fregar. Pienso mejor.

Stella asintió y sacó una sartén del agua del aclarado.

—Lo entiendo.

—¿Ah, sí? —preguntó él. El hecho de que no lo hubiera mirado como si estuviera loco le hizo más difícil mantener las manos en el fregadero.

No pensaba tocarla. Si lo hacía, la abrazaría. Y, si la abrazaba, podía besarla y hacerle el amor de nuevo. Eso haría todavía más difíciles las cosas cuando ella se fuera. Porque parecía decidida a irse.

Por eso, Bobby siguió aferrándose al estropajo.

–Oh, sí. A veces, si es tarde y estoy bloqueada con algún problema de diseño que no puedo resolver, lo dejo todo, apago el ordenador y me voy a cepillar los dientes. Eso me ayuda a pensar en la solución –admitió ella, y sonrió–. Pero tengo que apagar el ordenador para que funcione. Si lo dejo encendido…

–¿No consigues inspirarte?

–Eso es –afirmó ella con tono divertido–. Luego, tengo que decidir si me voy a dormir o si vuelvo al trabajo de nuevo. Es una decisión dificilísima.

Bobby rio, aunque mientras la escuchaba no dejaba de hacer planes. Stella solía hacer gimnasia, dibujaba, cosía. Pero Mickey solo había llevado dos bolsas. Si ella iba a quedarse, iba a necesitar algo que hacer mientras él se fuera a trabajar. Pero no tenía máquina de coser, ni lo que hiciera falta para hacer tejido de encaje. Tampoco podían ir a comprarlo a la tienda más próxima. Cualquiera podía reconocerla y echar al traste sus intenciones de privacidad.

Justo cuando estaba sopesando la idea de pedir a Mickey que comprara un equipo de diseño y costura, Bobby pensó en Gina y Patrice. Eran las artistas que vivían en el edificio de Ben. Sin duda, ellas sabrían dónde comprar material sin llamar la atención de la prensa.

Podían ir a casa de Ben. Cuando más lo pensaba, mejor idea le parecía.

–Bueno –dijo ella con un tono un poco nervioso–. ¿Qué estás pensando?

–Tengo una idea.

Capítulo Ocho

Stella apretó el bolso entre las manos mientras Bobby conducía por el barrio industrial. Había zonas que se parecían a Mánchester.

Estaba hecha un manojo de nervios. Cuando Bobby le había sugerido ir a visitar a su hermano y pedirles a unas artistas que conocía algo de material, se había sentido obligada a aceptar. Él solo quería agradarla y odiaba decepcionarlo... tanto que había aceptado conocer a su familia.

A pesar de sus intentos, Stella no conseguía relajarse. Perpleja, miró a su alrededor cuando aparcaron delante de un viejo almacén. Ella no estaba preparada para conocer a su familia.

—Aquí estamos —dijo él con tono despreocupado, como si fuera lo más normal del mundo.

—¿Tu hermano vive en un almacén?

—Es una fábrica reformada. Espera y verás —repuso él con un guiño de ojos.

A Stella le gustaban sus guiños.

Él la escoltó a la entrada, introdujo unos números en una pantalla táctil y abrió una puerta. Daba a un ascensor de hierro. ¿Adónde diablos la había llevado?, se preguntó ella.

—Es una vieja fábrica —repitió él, cerrando la puerta tras ellos. Introdujo otra clave para poner en marcha el ascensor y se colocó a su lado, rodeándola por la cintura–. Espera.

Cuando empezó a subir el ascensor se le subió el estómago a la boca. Tambaleándose, se agarró a Bobby.

–Te tengo –dijo él, sujetándola.

–Ya estoy mejor –señaló ella tras unos segundos, conteniendo las náuseas. No quería conocer a su familia en medio de un ataque de vómitos.

Cerrando los ojos, hundió el rostro en el pecho de Bobby, mientras el ascensor paraba en seco.

–Espera –repitió él en un susurro, apartándose un momento–. ¿Chicas? Estamos aquí. ¡Vamos subiendo a casa de Ben!

–De acuerdo. Todavía no estamos listas. ¡Nos vemos allí arriba en unos minutos! –respondió una voz excitada de mujer.

Bobby le había pedido que hiciera una lista de materiales que necesitaba. Después, él había llamado a una tal Gina.

Bobby la sujetó con firmeza mientras el ascensor volvía a subir. Ella se concentró en respirar hondo, aunque su estómago amenazaba con montar una escena desagradable.

Por fin y por suerte, pararon. Rodeándola de la cintura, Bobby abrió la puerta y la ayudó a salir.

–¿Estás bien?

–Náuseas mañaneras –consiguió contestar ella entre dientes apretados.

–Son las tres de la tarde.

–Lo sé.

–Vamos –dijo él, guiándola hacia delante. El sonido de la música de Vivaldi llenaba la habitación.

–Hola –saludó una agradable voz femenina. Su tono cambió de pronto–. ¿Va todo bien?

–¿Quieres una tónica o galletas saladas?

Stella no sabía si Bobby se lo preguntaba a ella o a la otra mujer.

–Sí –murmuró ella, deseando que pasaran las náuseas. Por nada del mundo podía ponerse a vomitar en ese momento.

Stella caminó unos pasos más junto a él y, cuando abrió los ojos, le sorprendió un enorme espacio, elegante y acogedor. Había grandes cuadros abstractos en las paredes y muebles de cuero y caoba.

Bobby la guio a la cocina, donde una mujer muy bella con una trenza de color negro rojizo estaba sentada en una banqueta ante una encimera de granito. Cuando los vio entrar, sonrió. Sus ojeras delataban su cansancio.

Fue entonces cuando Stella se dio cuenta de lo que tenía en las manos. Un bebé, lo bastante pequeño como para caber en el regazo de una mujer.

Al ver el niño, algo dentro de Stella se encogió con fuerza. Eso era lo que ella quería. Una sonrisa acompañada de ojeras, un bebé con la nariz roja después de haberse pasado toda la noche llorando. Quería ser la persona más necesaria y amada para su bebé.

–Hola –saludó la mujer–. Soy Josey. Siento cómo está todo –añadió, señalando alrededor–. A Callie le están saliendo los dientes y tiene otitis.

–Soy Stella. No te preocupes. Me he mareado un poco en el ascensor, pero no tengo nada contagioso.

Josey sonrió y señaló la tónica que acababa de servir al otro lado de la encimera.

–Te he preparado eso.

–Muchas gracias –dijo Stella, y le dio un largo trago. Sintiéndose mejor, se acercó a Callie que, enseguida, empezó a protestar–. Oh, lo siento.

–No te preocupes. Tiene mucha mamitis –explicó Josey.

Aun así, Stella no se sintió mejor. ¿Cómo iba a ser una buena madre si no les gustaba a los bebés?

Bobby se acercó a ellas, sin dejarse intimidar por las protestas de la niña.

–Callilita, ¿tienes otitis otra vez? ¡No puedes ponerte mala cada dos por tres! –la reprendió él cariñosamente.

Entonces, Bobby estiró los brazos y Stella se quedó impresionada cuando Callie se lanzó hacia él.

–Odio que la llames así –dijo Josey, aunque no parecía enfadada, y le tendió a su hija. Después, estiró el cuello para desentumecerlo–. Gracias.

Bobby sonrió, mientras le hacía cosquillas a la niña en la barbilla.

–Tienes que dejar dormir a tu mamá, Callilita. Las mamás también necesitan dormir, igual que los bebés.

Stella se quedó perpleja viendo cómo Bobby sujetaba al bebé.

–Recuerda, soy el tío Bobby. Tú tío divertido –continuó él, mientras la niña lo miraba embelesada–. No dejes que Billy te convenza de lo contrario.

Un torbellino de emociones invadió a Stella, que se quedó por completo sin palabras ante aquella escena. Ni siquiera sabía cómo describir lo que sentía.

–¿Habéis vuelto al médico? –preguntó Bobby.

–Sí. Dice que no es nada grave, pero que hay que vigilarla.

Bobby le dio unas suaves palmaditas a Callie en la espalda. Aquello era lo que Stella quería desesperadamente. Esa era la razón por la que había ido hasta allí.

Esa era la familia que ella quería. Una familia sin régimen de custodia ni de visitas. Esa clase de momentos... Era lo que se perdería si ella y el bebé vivían en Nueva York y Bobby, en Dakota del Sur. Sin duda, Mickey se ocuparía de ayudarla con el bebé, lo pasearía, incluso le cantaría alguna canción de cuna irlandesa. Pero no podría ser nunca el padre.

No podía ser Bobby.

Él sonrió a la madre de la niña.

–Vaya, no parece muy eficaz para resolver los problemas ese pediatra tuyo. Recuérdame que me busque a otro.

Ese comentario hizo que Josey dejara de mirar a su hija, acurrucada en el pecho de Bobby, y se concentrara en la recién llegada. Sin duda, estaba sumando dos y dos, se dijo Stella. Bobby se presentaba con una mujer extraña, ella pedía tónica y galletas saladas para el mareo y miraba maravillada al bebé.

Pero Josey no dijo nada.

Bobby se dio cuenta del súbito cambio del foco de atención.

–¿Dónde está Ben?

–Aquí –contestó una voz profunda masculina desde el otro lado de la sala.

Un hombre alto y fuerte que se parecía mucho a Bobby se acercó a ellos hasta colocarse junto a su hermano. Mientras Ben Bolton tenía un aspecto severo y autoritario, Bobby era unos centímetros más bajo y de piel mucho más clara.

Stella prefería con creces al más joven de los dos. Ben parecía demasiado duro, demasiado calculador y severo. Sin embargo, Bobby era cálido y amable y le hacía sonreír.

Por otra parte, cuanto más tiempo pasaba con él, menos sabía qué esperar. Todo lo que había esperado encontrar había sido echado por tierra. No era para nada el dandi que había imaginado, solo interesado en aventuras pasajeras y en sus negocios. Bobby le había cedido su cama la primera noche para que durmiera sola. Le había preparado el desayuno y había lavado los platos. La había llevado a conocer a su familia y había acunado a su sobrina en sus brazos.

Y la hacía sentir como si fuera especial.

Ben Bolton le lanzó a su hermano una severa mirada. A Stella le sorprendió comprobar que, en vez de acobardarse, Bobby le respondió con una sonrisa.

—Estás asustándola, tío —advirtió Bobby en voz baja.

—Bobby nos acaba de presentar —informó Josey.

—Eso es. Stella, este es mi hermano el gruñón, Ben, director financiero de Crazy Horse Choppers y uno de los principales socios de la urbanización. Josey es su mujer. Ella reúne fondos para la tribu india *lakota* y se especializa en construir colegios.

Josey se sonrojó.

—Un colegio. Siempre exageras —comentó la aludida con tono cariñoso.

Hubo una pausa. Stella se quedó de pie, como

siempre hacía cuando se sentía incómoda, con los hombros hacia atrás, la barbilla alta. Nunca delataba emociones que pudieran usarse en su contra.

–Ben, Josey, esta es Stella Caine –presentó Bobby. Con el bebé en brazos todavía, se acercó a ella y la rodeó de la cintura con naturalidad–. Es diseñadora de moda y modelo. Nos conocimos hace dos meses en una fiesta. Está embarazada y yo soy el padre.

Nada de rodeos, se dijo Stella. La había presentado como diseñadora de moda y modelo. ¿Merecía la pena mencionar que era la hija de David Caine?

Ella se apretó un poco más contra Bobby. Juntos, pensó. Era algo a lo que estaba empezando a acostumbrarse.

La verdad fue que ni Ben ni Josey se mostraron extrañados. Quizá, ya sabían lo del bebé. Entonces, Ben le lanzó a su hermano la mirada más odiosa que Stella había visto.

–¿Stella Caine?

–Sí. La hija de David Caine –reconoció Bobby. Al fin, parecía tan preocupado como Stella se sentía.

Estaba claro que esa parte de la noticia había tomado a Ben por sorpresa.

–¿El mismo David Caine que es dueño del programa? –preguntó Josey, claramente conmocionada.

–Técnicamente, es dueño de la cadena de televisión. Del programa, solo es el productor ejecutivo. Yo insistí en quedarme con todos los derechos durante las negociaciones para firmar el contrato.

Ese detalle técnico no mejoraba la situación. Ben tenía una expresión asesina. Bobby sujetaba estratégicamente en sus brazos a su sobrina.

–Tenemos algunas pruebas programadas para el jueves. Cuando tengamos los resultados, nos reuniremos con un abogado de familia –añadió Bobby.

Josey se fijó en la ansiedad de Stella. Se levantó y rellenó su vaso de tónica.

–Eso de las náuseas mañaneras es un mito. Yo tenía náuseas durante todo el día –señaló Josey, sirviéndose ella otro vaso también–. ¿Por qué no me das a Callie y Stella y yo nos vamos a charlar?

Aunque fue formulado como una pregunta, Stella percibió la orden alto y claro. Bobby tenía que entregar su escudo infantil de inmediato.

–Claro.

A Stella le sorprendió ver que Callie se había quedado dormida.

–Oh, Gina y Patrice llegarán enseguida. Stella se quedará conmigo hasta que busquemos una solución. Pensé que las chicas podían traerle algunas cosas para que pueda trabajar en casa mientras yo estoy en la obra –indicó Bobby y se aclaró la garganta–. Por razones obvias, no queremos que Stella se acerque al equipo de grabación.

–Es obvio –replicó Ben con un respingo.

Bobby le dedicó a su hermano una tensa sonrisa y besó a Stella en la mejilla.

–¿Estarás bien?

–¿Y tú?

Él la besó de nuevo.

–Las reglas de la casa son que nada de peleas. Si no, Josey se enfadará.

–Nadie quiere que pase eso –dijo Josey, lanzándole a su marido una mirada de advertencia.

Su hermano estaba allí parado, cruzado de brazos y mirándolo sin piedad. Su esperanza de que la paternidad hubiera suavizado su estricto temperamento se desvaneció. No había tenido esa suerte.

—Me sentaría bien tomar algo —empezó a decir Bobby, no tanto porque era la verdad, como por empezar una conversación. Si no hacía algo, Ben podía quedarse allí mirándolo de esa forma hasta que el infierno se helara–. ¿Cerveza?

—Estás loco –rugió Ben, mientras Bobby pasaba de largo a su lado, a una distancia prudencial, para agarrar dos botellas de cerveza.

—No sabía quién era —confesó Bobby, abriendo las dos botellas.

—¿Tienes idea del lío en que te has metido?

—No sabía quién era ella –repitió Bobby con más fuerza–. Nos conocimos solo por nuestros nombres de pila hasta que… hasta que fue demasiado tarde –añadió, tragando saliva.

—Actuaste sin pensar.

—El preservativo se rompió. No me di cuenta a tiempo. Fue un accidente.

Ben hizo una mueca y le dio un trago a su cerveza.

—¿Eso te lo ha dicho ella?

Bobby se quedó con la botella a medio camino hacia la boca.

—¿Qué quieres decir?

—Sabes lo que quiero decir. ¿Cómo sabes que todo esto no es un montaje?

De pronto, a Bobby dejó de preocuparle que Ben quisiera darle un puñetazo. Lo que le preocupó de repente fue tener que despertar a Callie por darle un puñetazo a su padre.

—Ten cuidado con lo que dices. Estás hablando de la madre de mi hijo. Solo quiero arreglar las cosas.

—Lo que digo es que, primero, te asegures de que el bebé es tuyo. Luego, puedes arreglar las cosas.

Bobby estaba a punto de perder los nervios.

—Tenemos una cita el jueves —señaló él con los dientes apretados, esforzándose por no gritar—. Fue lo antes que pudieron darnos hora. Así que cierra la maldita boca o te la cerraré yo.

Ben no se retractó. Nunca lo hacía cuando pensaba que tenía razón. Y eso le pasaba todo el tiempo.

—Has logrado poner en peligro todo el montaje, un montaje que tú mismo organizaste, te recuerdo. Solo porque no has sido capaz de mantener tu braqueta cerrada. ¿Tienes idea de cuánto dinero he invertido en el proyecto urbanístico?

Se trataba de dinero. Antes o después, siempre acababa tratándose de dinero para Ben. Algunas veces, Bobby se preguntaba qué había visto Josey en él.

—Sé exactamente cuánto has invertido. El veinte por ciento.

—Y eso es menos de la mitad de lo que David Caine ha puesto, ¿no es así?

Bobby no tenía respuesta para eso. La cadena estaba pagando parte de la construcción del complejo residencial, según rezaba una de las cláusulas del contrato de producción. El mismo contrato cuyas cláusulas morales había roto él.

Ben continuó en voz baja, pero amenazadora.

–¿Te has parado a pensarlo? ¿Alguna vez te paras a pensar las cosas? ¿Y si David Caine decide que quiere romper el acuerdo y no quiere pagar la penalización? ¿Y si ha preparado todo el montaje con ayuda de su hija para timarte?

–No –replicó Bobby al instante, aunque la sombra de duda se cernió sobre él–. No lo creo. Ella no me mentiría.

–¿Incluye eso no decirte quién era?

Bobby miró con odio a su hermano mayor. No era asunto suyo contarle a Ben que ella había estado en la fiesta con el propósito de ver a su padre por primera vez en años.

–Ten cuidado con tus palabras –volvió a advertir Bobby–. Ella dice que está embarazada. Dice que yo soy el padre. Voy a asegurarme de que es cierto todo lo que dice y, entonces, cuando tu mujer y tu hija no estén en casa, me pasaré por aquí para romperte la nariz.

Ben tuvo el valor de esbozar una media sonrisa e hizo crujir sus nudillos.

–¿Es una amenaza?

–Es una promesa –contestó su hermano.

Entonces, Ben cambió de táctica. De pronto, su tono se volvió casi de disculpa.

–De acuerdo. Pero ten en cuenta que es una casualidad demasiado grande. ¿Qué vas a hacer cuando David Caine descubra que te estás acostando con su hija? –le espetó Ben, antes de volver a atacarlo como una víbora–. Porque seguro que sigues sin poder mantener tu bragueta cerrada, ¿verdad?

Bobby quiso poder negarlo, pero no pudo. Había ido allí por una razón, la misma por la que había llamado a Ben el primero. Necesitaba a su hermano más que nunca en su vida. Ben era frío, lógico y perseverante. Si podía tenerlo de su lado, quizá, tendría una oportunidad de salir de ese lío.

Sin embargo, Ben todavía no estaba de su lado.

—Sí, eso pensé —continuó Ben—. Ese maldito programa en el que has embarcado a toda la familia va a desaparecer, llevándose todo el dinero, y Billy, tú y yo nos sumiremos en la miseria. Y, si crees que yo estoy furioso, piensa un momento cómo va a reaccionar Billy cuando se lo digas.

—Puedo arreglar las cosas —dijo Bobby, casi en un susurro.

—¿Cómo?

—Le he pedido que se case conmigo.

Eso sí que sorprendió a Ben.

—¿No me digas?

—Si estamos casados, su padre no podrá molestarnos y el bebé será un Bolton. Problema arreglado.

Durante unos doce segundos, Ben pareció impresionado con su plan.

—¿Y ella ha aceptado?

—Vamos a esperar a los resultados de las pruebas —contestó Bobby.

Ben dio un respingo, pero no insistió más. Bobby se terminó el resto de su cerveza, imaginándose a Stella hablando con su cuñada en alguna parte de esa enorme casa.

—¿Y luego qué?

Luego, Stella estaría embarazada de tres meses

y de regreso en Nueva York. Y él estaría en Sturgis, construyendo un complejo residencial.

A menos que pudiera convencerla de que casarse con él era lo mejor para ella y para el bebé.

Lo mejor para todos.

—Luego, nos casaremos.

Bobby deseó haberlo dicho con más seguridad. Pero sus palabras sonaron vacilantes.

Pocas cosas odiaba más que la sensación de inseguridad.

—Mira, imaginemos que todo se va al garete, ¿de acuerdo? ¿Qué tenemos que hacer para mantener a salvo nuestra empresa? —preguntó Bobby. Sabía que esa era la especialidad de Ben, ponerse en el peor de los casos.

Ben lo miró como si fuera a golpearlo.

—Cuando hablas en plural, ¿a qué te refieres? ¿Tú lo fastidias todo y yo me ocupo de arreglarlo?

Bobby se mordió la lengua para no maldecir.

—Yo puedo arreglarlo solo. Lo digo solo por si acaso.

—Eres increíble, ¿lo sabías? —comentó Ben, lanzándole una de esas miradas que le decían que no estaba engañando a nadie, menos aún a su hermano mayor—. Haré números y te diré algo.

Cuando Ben se giró para irse, Bobby lo agarró del hombro, consciente de que podía recibir un puñetazo a cambio.

—Espera.

Ben se puso tenso, pero no le lanzó un izquierdazo.

—¿Qué?

—Solo quiero que me prometas una cosa. No la

asustes, ¿de acuerdo? Ella está… —comenzó a decir Bobby, tratando de encontrar la palabra adecuada—. Está muy vulnerable. Sé que Billy le va a dar mucho miedo y no puedo hacer nada para evitarlo, ¿pero podías tú, al menos, intentar no aterrorizarla? ¿Puedes hacerlo por mí?

Su hermano le dedicó una mirada que Bobby no pudo descifrar. Era casi de aprobación.

—No lo haré por ti. Pero Josey me mataría si no te hiciera caso.

Bobby asintió. Sabía que era lo más que podía lograr de su hermano.

Stella siguió a Josey, dejando solos a los dos hermanos. Se encontraba fatal. Tenía el estómago encogido por los nervios y las náuseas. Le dio un trago a su tónica cuando Josey, por fin, se detuvo delante de una sala de estar a pocos metros del ascensor.

—Es un espacio muy agradable —comentó Stella, preguntándose cómo podía romper el hielo después del incómodo comienzo.

—Gracias, pero el mérito es todo de Gina y Patrice. Ellas lo diseñaron —repuso Josey, y se estiró un poco, como si le doliera la espalda de llevar a la pequeña en brazos.

La verdad era que Stella no sabía nada de niños. Pero iba a ser madre pronto. No había mejor momento que el presente para empezar a aprender.

—¿Quieres que la sujete yo?

Josey se lo pensó un momento.

—Sería genial —admitió ella al final con aspecto

agotado–. Puedes sentarte aquí –indicó, acercándose a un sofá de cuero–. Necesita estar derecha, eso le quita presión a los oídos, así que sujétala así –explicó, mostrándole cómo Callie apoyaba la cabeza en su hombro.

–Bien –dijo Stella. Se sentó y tomó a la niña.

Callie pesaba mucho más de lo que había esperado. Estaba calentita y emitía un pequeño ronroneo al respirar. Era muy agradable tenerla en brazos.

–Así, muy bien.

–Genial –dijo Stella, temiendo moverse por si el bebé protestaba.

Josey se sentó a su lado, lo bastante cerca para, si era necesario, arrancarle la niña de los brazos de inmediato. Sin embargo, a Stella su proximidad le resultó reconfortante.

–Bueno –dijo Josey, observándola con cautela–. Háblame de ti.

–Bobby os ha informado de lo esencial. Soy diseñadora de moda, modelo e hija de David Caine. ¿Qué más quieres saber?

Josey respiró hondo.

–Mira, voy a sincerarme contigo. Los Bolton son… una clase de hombres muy poco común. Fueron educados para darle prioridad a la familia. Eso lo es todo para ellos. Aparte de esa ley inquebrantable, no dejan de pelearse entre ellos como perros rabiosos –añadió, y volvió la cabeza hacia donde Ben y Bobby hablaban.

Stella siguió su mirada. De momento, no sonaba a que hubiera ninguna pelea.

–Ah –dijo Stella. Siempre había tenido una imagen idílica de la familia perfecta, reunida en armonía alrededor de la mesa. Podía imaginarse a Bobby de pequeño metiéndose en líos con sus hermanos, pero eso de los perros rabiosos le daba escalofríos–. ¿Qué van a hacer… como familia?

Josey suspiró, como si estuviera harta de conflictos.

–Lo más probable es que Bruce, el padre, ordene a Bobby que se case contigo. De inmediato. Seguramente, Billy lo apoyará.

Entonces, Stella recordó que él le había dicho que su familia no le permitiría hacer otra cosa. Ella lo había tomado en broma pero, tal vez, lo había dicho en serio.

¿Por eso le había pedido que se casaran? ¿Lo había hecho porque sabía que su familia le forzaría a hacerlo antes o después?

Callie suspiró sobre su pecho, dormida. Stella deseaba con todo el corazón tener una familia, pero no quería fuera fruto de la obligación. No lo haría solo porque un puñado de hombres lo exigiera.

Quería que Bobby deseara tener una familia con ella. No quería que él tomara una decisión tan importante solo llevado por su sentido del deber.

–¿Y tu marido? ¿Qué hará él?

Josey se mordió el labio.

–Intentará mantener la paz. Siempre lo hace. Aunque no siempre tiene éxito, ya me entiendes.

–Claro –dijo Stella, a pesar de que no entendía nada.

–Antes de que te veas más implicada en esta familia de lo que ya estás, por qué no me hablas de ti. Y no me refiero a lo típico que puedo encontrar en internet si meto tu nombre en un buscador.

Stella cerró los ojos mientras notaba la cálida respiración del bebé en el cuello. Esa mujer estaba de su lado, o eso parecía. Si lograba ganarse para su causa a Josey, quizá, Josey convencería a su marido y eso igualaría el combate contra el padre y el hermano mayor de los Bolton que, según acababa de averiguar, exigirían un matrimonio forzoso por el bien del bebé.

Cuando Callie emitió un pequeño gemido en sueños, a Stella se le encogió el corazón de nuevo. Muy pronto, en unos siete meses, tendría en brazos a su propio bebé. Nada iba a cambiar eso. De una forma u otra, ella tendría su propia familia.

—Mi madre murió cuando yo tenía ocho años. No he visto a mi padre desde hace dos años, desde que lo acompañé a la boda real, contra su voluntad.

Josey se puso un poco pálida.

—¿Tienes más familia?

—Solo a Mickey, el amigo de la infancia de mi padre. Es mi único apoyo –contestó Stella. Mickey siempre había estado de su lado, incluso cuando el pobre no había sabido lo que eso implicaría. Era la única persona que le había dado seguridad en los últimos quince años.

—¿Nadie más?

Stella asintió, tratando de ignorar el tono de lástima de Josey.

—Quiero tener a mi bebé. No ha sido un embarazo planeado, yo no lo elegí. Pero quiero a mi bebé más que a nada en el mundo.

—Entiendo –dijo Josey con una cálida sonrisa–. ¿Qué decisiones habéis tomado Bobby y tú?

Stella tragó saliva.

—Se ha portado bastante bien. Me ha prometido llamar y escribir a nuestro hijo, visitarle en su cumpleaños y en vacaciones. Ha aceptado, incluso, que el niño se quede con él cuando sea un poco más mayor, en verano. También, sugirió que buscáramos un abogado de familia para firmar el acuerdo de custodia y visitas.

Josey se quedó pensativa unos segundos con una sombra de duda en el rostro.

—¿Es eso lo que tú quieres?

—Quiero tener una familia. No quiero que mi bebé sea usado como peón en ninguna lucha de poder. Quiero que sepa que es un niño amado y deseado —admitió Stella. ¿Para qué mencionar que ella también quería sentirse amada?

—¿Y Bobby?

—Bobby —repitió Stella, volviendo a la cabeza hacia donde estaban los dos hermanos. Podía escucharse que mantenían una discusión acalorada, aunque mantenían un tono de voz civilizado—. No quiero que nadie nos obligue a casarnos, si no es lo que él quiere.

—Ya veo —repuso Josey, pensativa. Cuando iba a decir algo más, las interrumpió el ruido del ascensor.

Solo de escucharlo, a Stella se le revolvió al estómago. Le dio otro trago a la tónica con gran cuidado de no despertar a la niña.

—Ah, las chicas —dijo Josey, lanzándole una mirada de disculpa.

Antes de que Stella pudiera prepararse, la puerta se abrió. Dos mujeres jóvenes entraron. La primera llevaba el pelo rojo, un tutú y una camiseta de tirantes con calaveras, unas botas militares y chaqueta de cuero.

–Aquí estamos. Perdón por el retraso –dijo la pelirroja, dejando en el suelo una gran caja–. ¡Encontrar tela de buena calidad en esta ciudad es misión imposible!

Entonces, cuando vio a Stella, se quedó paralizada. La segunda mujer, vestida toda de negro y con otra caja en la mano, se chocó con ella.

–Cuidado, nena –protestó la segunda mujer.

–¡No me lo puedo creer! ¿De verdad eres Stella Caine? –dijo la pelirroja.

–¿La conoces? –preguntó Josey, sorprendida.

–¿Me tomas el pelo? ¡Es una diseñadora increíble! –exclamó la pelirroja, volviéndose hacia Stella–. ¡Eres una diseñadora genial! ¡El vestido que llevaste a la boda real era una obra de arte!

–¿Viste el vestido?

–¿Que si lo vi? ¡Era perfecto! A tu lado, Victoria Beckham parecía un saco de patatas.

–Victoria estaba embarazada –le recordó Stella.

–He leído que cosiste el encaje tú misma –continuó la pelirroja, entusiasmada.

–Así es –afirmó Stella con timidez. Nunca había hablado con nadie que mostrara tanta admiración por su trabajo.

–Hicimos una apuesta sobre ese vestido –prosiguió la pelirroja, mientras su compañera morena observaba a la invitada con ojos como platos–. Patrice dijo que el encaje tenía un patrón de pequeñas calaveras, pero yo le dije que no te atreverías a llevar calaveras a una boda real.

–¿Tú te llamas Patrice? –preguntó Stella y, cuando la morena asintió, añadió–: Patrice tiene razón. Era un encaje con pequeñas calaveras. Nadie se dio cuenta —aseguró. A excepción de su padre. Y de Bobby.

—Paga —le dijo Patrice a Gina con una sonrisa llena de picardía.

—Después, cariño —contestó Gina, y le dio una palmada en el trasero a su compañera, antes de fundirse las dos en un abrazo.

Eran pareja, comprendió Stella.

Josey se levantó.

—Stella, estas son Gina Cobbler y Patrice Harmon, las artistas que viven en la segunda planta. Ellas diseñaron esta casa y todas las obras de arte que contiene.

—¡También cocinamos! —añadió Gina con orgullo.

—La casa es increíble —dijo Stella, preguntándose si podría ponerse de pie sin despertar al bebé.

—¿Te gusta? Ben nos dio libertad para hacer lo que quisiéramos. También ayudamos a Bobby a decorar su piso, pero él tenía ideas muy concretas de lo que quería —indicó Gina—. Eso no fue tan divertido.

—A mí me ha gustado mucho la casa de Bobby. Tiene un toque decadente y romántico.

Las dos mujeres la miraron complacidas.

—¿Cuánto tiempo te quedarás en la ciudad?

—Unas semanas, tal vez —contestó Stella—. Gracias por conseguirme material para trabajar. Si necesito algo más, ¿puedo llamaros? Podéis enseñarme dónde están las tiendas.

—¿De veras? ¡Sería genial! ¡Deberíamos hacer una quedada solo de chicas!

Entonces, todas dirigieron la vista hacia los dos hombres que acababan de entrar.

—¡Es Stella Caine de verdad! ¡Te juro que pensé

que nos estabas tomando el pelo! –le dijo Gina a Bobby.

–Yo también me alegro de verte, Gina. Hola, Patrice –saludó Bobby con un gesto de la cabeza–. ¿Cómo están mis chicas favoritas?

Era un hombre encantador por naturaleza, pensó Stella. Él le dedicó un rápido guiño, solo para ella. Luego, se acercó a su lado y le posó la mano en el hombro.

De forma inconsciente, Stella apretó al bebé entre sus brazos. Callie se despertó y empezó a llorar.

–Lo siento –se disculpó Stella, mientras Josey tomaba a su hija de nuevo.

–No te preocupes. Al menos ha dormido un poco.

Stella, sin embargo, no lograba no preocuparse. La situación empezaba a resultarle claustrofóbica. Demasiados desconocidos a su alrededor, preguntándose qué clase de mujer sería. Ben la miraba con obvio recelo y Josey tampoco confiaba en ella del todo. Era una intrusa que no pertenecía a su familia. Incluso la pintoresca pareja de artistas parecía más en su elemento que ella.

Fue Gina quien rompió la tensión.

–¡Bueno! –exclamó la pelirroja, chocando las palmas de las manos–. Esto es lo que hemos conseguido. La máquina de coser es nuestra, pero te la prestamos todo el tiempo que la necesites. Coser no es lo nuestro –indicó, señalando a una pequeña maleta con ruedas.

–Nosotras pintamos –informó Patrice, haciendo un gesto con la barbilla hacia uno de los enormes lienzos que cubrían la pared.

–Impresionante –dijo Stella, antes de que Gina tomara de nuevo la batuta.

–Aquí está máquina con los hilos y esas cosas. Bobby dijo que querías agujas de punto, pero no sabemos cómo las quieres.

–¿Cuáles habéis traído? –preguntó Bobby con naturalidad.

Él parecía en su salsa, pero Stella estaba muy nerviosa. No había estado con tanta gente en el mismo sitio desde la noche que había conocido a Bobby, en la fiesta.

Patrice abrió una caja.

–Hilo negro, blanco, rojo, seis de cada. Más un juego de agujas de hacer punto y otra de hacer *crochet*. Hay hilo de lana y acrílico, ¿está bien?

Stella pasó las manos sobre el material.

–Oh, sí. Es una maravilla.

Patrice abrió otra caja.

–Tela.

–Ah, sí, ¡la tela! Nos lo hemos pasado genial eligiendo esto. Tenemos muchos retales, un poco de terciopelo y lentejuelas –indicó Gina, sacando un pedazo de tela color esmeralda, repleto de lentejuelas.

–Oh, vaya.

Bobby le apretó el hombro con suavidad. Ella levantó la vista y le tocó la mano, preguntándose cómo podía transmitirle un mensaje telepático para que se fueran a casa.

–¿Habéis comprado el cuaderno de dibujo? –preguntó Bobby.

–¡Ah, sí! –exclamó Gina, rebuscó en la primera caja y sacó dos cuadernos para dibujar–. Además, lápices de grafito y acuarelables –añadió, y miró a Stella dubitativa–. Espero que estén bien.

–Es maravilloso, de verdad –respondió Stella. Gracias a Gina y Patrice, tenía suficiente material para mantenerse ocupada mientras esperaba los resultados de las pruebas. Era bienvenida cualquier cosa que le evitara pensar demasiado en lo que pasaría cuando hablaran con sus respectivos padres.

–Buen trabajo, chicas –agradeció Bobby.

–Si necesitas algo más, llámanos –dijo Gina–. ¡Y tenemos que quedar para salir! –repitió, mirando a la diseñadora.

–Seguro –contestó ella. De pronto, la sensación de claustrofobia se trasformó en puro agotamiento. Tuvo el loco deseo de volver a tener en sus brazos el cuerpecito caliente de Callie para dormirse con ella lo que quedaba del día.

Pronto, tendría su propio bebé, se recordó a sí misma.

Con esfuerzo, logró levantarse. Bobby la tomó entre sus brazos con naturalidad. Sin pensar, ella apoyó la cabeza en su hombro. No podía dormirse con Callie, pero nada le impedía pedirle a Bobby que la llevara a casa y se tumbara con ella. Le gustaría dormir entre sus brazos, sabiendo que él estaría allí cuando se despertara. Y sentir su cuerpo a su lado, dentro de ella… Sí. Eso sería maravilloso.

Entonces, Stella se dio cuenta de que todos los estaban observando. Bobby la rodeaba de la cintura, ella tenía la cabeza en su hombro. Ambos habían actuado sin pensar. Los demás los miraban como si quisieran adivinar el futuro en una hoja de té.

–¿Cansada? –le susurró Bobby.

–Sí.

–¿Puedes bajar en el ascensor o quieres que vayamos por las escaleras? Son siete pisos.

–Podemos probar el ascensor.

–Ha sido un placer conocerte –dijo Josey, y le dio un amago de abrazo ladeado, con cuidado de no aplastar al bebé–. Llámame si quieres algo. Estoy casi siempre en casa.

–¡Lo mismo digo! –se ofreció Gina, tendiéndole la mano–. Puedes venir a vernos o podemos ir nosotras. ¡Lo que prefieras!

Hasta el hermano de Bobby le tendió la mano.

–Ha sido un placer conocerla, señorita Caine –se despidió Ben con dientes apretados. Al menos, estaba intentando ser cordial.

–Lo mismo digo. Tenéis una hija preciosa –comentó Stella. Y tuvo éxito con su comentario, pues el rostro de Ben se suavizó.

–Muchas gracias.

Cuando llegaron a la planta baja, el móvil de Stella sonó, era Mickey. Le invitó a cenar a las ocho.

Bobby le abrió la puerta del coche y arrancó el motor pero, en vez de ponerse en marcha directamente, se inclinó sobre ella y le acarició la mejilla con el dedo.

–Lo has hecho muy bien, preciosa.

–¿Eso crees?

–No lo creo, lo sé. Adelante –dijo él, poniéndose al volante–. Vamos a casa.

Le pareció la cosa más bonita que nadie le había dicho jamás.

Capítulo Nueve

Stella se había quedado dormida.

Mientras Bobby controlaba el pie sobre el acelerador y conducía con mil ojos, la mente le iba a mil por hora.

¿Y si Ben tenía razón? ¿Y si Caine ya lo sabía? ¿Y si lo había planeado todo? ¿Y si era una estratagema para romper su acuerdo y estaba utilizando a su hija?

¿Qué pasaba si era todo una trampa?

Cuando aparcó en el garaje, miró a Stella. El pecho le subía y bajaba con la respiración, tenía la boca un poco entreabierta. Su aspecto era completamente vulnerable.

Tenía que casarse con ella. La lista de razones era larga. El bebé necesitaba ser criado como un Bolton. Haría más fácil lidiar con David Caine y las malditas cláusulas morales del contrato. Incluso podría salvar su complejo residencial… su sueño.

Eran razones sobradamente sólidas para casarse.

Sin embargo, además, quería casarse con ella. Quería asegurarse de tenerla en su cama cada noche, entre sus brazos cada mañana. Quería saber que ella lo esperaría al final del día para cenar juntos y para mostrarle lo último que había diseñado.

Quería verla criar a su hijo, mecerlo en sus brazos.

Oh, diablos.

Bobby trató de no pensar en eso. Tenía que dejar de pensar en el futuro y concentrarse en el presente. La prioridad, en ese momento, era acostarla en la cama.

El pulso se le aceleró al pensarlo. Pero Ben tenía razón. Debía mantenerse cerrada la bragueta. Solo porque hubiera roto la cláusula moral del contrato un par de veces, no significaba que pudiera seguir haciéndolo sin parar.

A menos que se casaran.

Y todo ello le conducía a la casilla de salida.

De acuerdo. Stella estaba fuera de su alcance. Él podía cultivar su autocontrol, sin problemas. La llevaría arriba, la acostaría y trabajaría un poco antes de preparar la cena.

Sin embargo, el plan no incluía besarla en los labios, ni sentir cómo ella se acurrucaba en sus brazos. Tampoco había previsto que lo rodeara del cuello y le susurrara algo en sueños.

Bobby se apartó. No iba a tener sexo con ella en el coche otra vez. De ninguna manera.

—Estamos en casa —dijo él en voz baja, acariciándole la mejilla.

—Oh —dijo ella, parpadeando con aspecto angelical—. ¿Me he dormido?

—Sí. Subamos al dormitorio.

Bobby se quitó los brazos de ella del cuello y abrió la puerta. Descargó las cajas y la maleta con ruedas que transportaba la máquina de coser.

—Yo puedo llevar eso —se ofreció ella, estirándose con los brazos sobre la cabeza.

Debía seguir el plan, se recordó Bobby, y no dejarse distraer por las suaves curvas de su cuerpo. Pensaría las cosas más despacio cuando hubiera dormido un poco más o cuando se hubiera emborrachado, o ambas cosas. En ese momento, tenía que concentrarse en llevarla arriba. Seguramente, ella estaría deseando volver a dormirse.

Sin poder evitarlo, Bobby recordó cómo la había visto envuelta entre las sábanas esa mañana, con el camisón dejando ver sus pechos, el cuerpo cálido y abierto para él.

El deseo le hizo subir la temperatura. Hasta la forma en que ella agarró las asas de la maleta sirvió para acelerarle el pulso.

Quizá, debería haber dejado que Ben le diera un buen puñetazo. Necesitaba hacer lo que fuera para recuperar el sentido común, se reprendió a sí mismo.

Sin esperar más, Bobby agarró las cajas y se dirigió al ascensor. Stella ya estaba allí, sujetándole la puerta, ajena a lo mucho que a él le estaba costando controlar sus instintos y portarse como un caballero.

Con la excusa de reconfortarla y evitar que se mareara de nuevo, la abrazó en el camino de subida.

En un santiamén, metieron todo en su casa.

—¿Sigues queriendo acostarte? —preguntó él, en cuanto hubo cerrado la puerta.

—Me sentaría bien una siesta —contestó ella con un bostezo—. Lo siento —añadió, llevándose la mano a la boca.

Sin decir más, Stella se metió en el dormitorio. Bobby tuvo que poner en acción hasta su última gota de fuerza de voluntad para no seguirla. Para distraerse, se fue a la cocina y preparó café, bien cargado.

Encendió su portátil. Tenía que demostrarle a Ben que podía arreglar las cosas. Y, sobre todo, tenía que mantener la bragueta cerrada. Stella solo estaba interesada en una relación amistosa por el bien de su hijo. Él debía respetar su deseo como fuera.

Con la taza de café en la mano, se sentó. Ben tenía una reunión el lunes con los banqueros. Así que abrió el documento en el que estaba trabajando.

—¿Bobby?

Al oír su voz, se quedó paralizado.

—¿Sí?

Ella se aclaró la garganta.

—Pensé que igual podías… ya sabes, acompañarme a dormir la siesta.

¿Por qué lo torturaba? Stella había rechazado su proposición dos veces. ¿Acaso ella no se daba cuenta de que solo intentaba respetarla… y respetar el contrato que había firmado? Solo quería hacer lo correcto, por todos los santos.

No debería mirarla, se dijo Bobby. Si se sumergía en sus enormes ojos verdes expectantes, sin duda, acabaría haciendo lo que le pedía. Y demostraría que Ben tenía razón. No podía dejar de pensar en ella.

Por eso, Bobby hizo algo que le costó un mundo. Cerró los ojos y se negó a volver la cabeza hacia ella. Era la única forma de no dejarse llevar por sus impulsos.

—Tengo que terminar este informe.

Fueron las palabras más crueles que Bobby había dicho jamás y lo sabía.

Ella lo supo, también.

—Oh, bien. Perdona por haberte molestado.

Su respuesta, dicha en voz suave y baja, cortó el aire y se le clavó a Bobby en el pecho.

Al instante siguiente, sin pensar, él se levantó y cubrió la distancia entre ellos con dos grandes zancadas. Ella estaba descalza, con las mallas de encaje y una camiseta de tirantes. Con solo mirarla, no podía resistirse a ella. Había sido una tontería siquiera intentarlo. Justo cuando Stella iba a darse media vuelta, decepcionada, la tomó entre sus brazos.

–¡Ay! –exclamó ella, sorprendida, mientras la apretaba contra su pecho.

No la besó.

–Tengo cosas que hacer –dijo él, llevándola hacia el dormitorio–. Tengo obligaciones legales que cumplir –añadió, aunque eran obligaciones que no dejaba de romper una y otra vez, porque era incapaz de decirle no a Stella–. No puedo decepcionar a mi familia.

Sin embargo, lo estaba haciendo.

–Lo sé –repuso Stella, un poco confundida por los mensajes contradictorios. Por un lado, la abrazaba, por otro, la rechazaba–. Lo siento.

–No te disculpes –dijo él cuando llegaron a la cama. Se quitó la camisa, el cinturón y los zapatos. Tal vez, era mejor que se dejara puestas la camiseta interior y los calzoncillos. O, tal vez, daba lo mismo–. Mañana, yo trabajaré y tú coserás. ¿Trato hecho?

Stella se sentó el borde de la cama, observándolo con sus preciosos ojos, como si no pudiera creer lo que estaba oyendo.

–Trato hecho –contestó ella al fin con una pequeña sonrisa iluminándole la cara.

No era tan difícil darle lo que quería, ¿verdad?, se dijo Bobby. Solo una siesta, una hora de sueño que él también necesitaba, después de todo. Pensaría con mayor claridad cuando se despertara.

Stella se deslizó bajo las sábanas y le hizo un hueco. Él la siguió.

Sin pedir permiso, él colocó un brazo bajo sus hombros, atrayéndola a su lado.

–Ponte aquí –dijo él, colocando la cabeza en la almohada, que estaba impregnada del olor a lavanda de Stella. Aquella situación lo volvía loco. ¿Cómo podía ser tan hermosa, tan delicadamente dulce? ¿Por qué la deseaba sin remedio y por qué no lograba que ella le correspondiera?

–¿Estás bien?

Stella se acurrucó a su lado y posó una mano en su pecho.

–Sí. ¿Y tú?

–Sí –afirmó él, entrelazando sus dedos.

Estaba en la gloria.

El móvil sonó.

Stella lo oyó en sueños, pero estaba demasiado cómoda como para moverse. No se había sentido tan feliz en mucho tiempo. Bobby estaba allí, su pecho sólido subía y bajaba bajo la mejilla de ella. Así que ignoró el teléfono. El mundo podía esperar.

El móvil sonó de nuevo. En esa ocasión, Stella se fijó en el tono de llamada. Se incorporó de golpe, atenazada por el miedo.

Era el tono de llamada que usaba para su padre.

–¿Qué…? –protestó Bobby, mientras ella se lanzaba encima de él para tomar el móvil de la mesilla.

–Shh –repuso ella–. No digas nada. Ni respires –pidió, y esperó un segundo para tomar aliento antes de apretar el botón de respuesta–. Hola, papá.

–¿Dónde estás?

Esa era la forma normal de saludar de su padre.

–En Estados Unidos. ¿Tú?

Esa era la forma en que solía responderle siempre.

–Nueva York –dijo David Caine con tono enojado–. No estabas en tu apartamento.

Stella tragó saliva con el estómago cada vez más revuelto por el miedo. ¿Su padre había ido a buscarla? No lo había visto desde hacía dos años. ¿Significaba eso que sabía lo del bebé? ¿Y lo de Bobby?

¿Acaso había hecho que la siguieran?

Las náuseas amenazaban con materializarse en cualquier momento. No. No podía dejarse vencer por el pánico. Si su padre hubiera hecho que la siguieran, sabría dónde estaba. Aun así, aquella llamada no parecía de muy buen agüero.

Bobby empezó a acariciarle el pelo para calmarla. Eso le ayudó a recuperar un poco la compostura.

–Es verdad. Me estoy quedando en casa de unos amigos.

–Ya. ¿Y Mick? No me responde el teléfono.

El pobre Mickey. Sin duda, estaba sentado en su habitación de hotel, mirando el móvil y escuchando los mensajes furiosos que David Caine le había dejado en el buzón de voz. Pero no había respondido porque se lo había prometido a Stella.

—Está conmigo.

—Más le vale.

Aquel comentario tomó a Stella por sorpresa. Casi le sonó como si su padre se sintiera protector hacia ella. ¿Era eso posible?

—¿Has ido a verme a mi casa? —preguntó ella, fingiendo una calma que no sentía.

—Sí. Necesito que me acompañes a un evento dentro de dos semanas.

—Cielos, la última vez que te acompañé a un evento no te mostraste muy contento conmigo. ¿No tienes una novia para que vaya contigo?

En cuanto pronunció esas palabras, Stella supo que había ido demasiado lejos.

—No sé cuántas veces tengo que decírtelo —rugió David Caine—. Nunca habrá ninguna otra mujer después de tu madre.

Stella tragó saliva, invadida por la culpa. De hecho, su padre se lo había dicho muchas veces, tantas que había perdido la cuenta. Debería haberle reconfortado el que su padre hubiera amado de veras a su madre. Quizá, no siempre había sabido cómo demostrarlo, pero su devoción permanecía intacta con el pasar de los años.

Sin embargo, a Stella no le reconfortaba en absoluto. Solo servía para recordarle que David Caine nada más tenía espacio en su corazón para una mujer, y jamás su propia hija ocuparía el lugar de esa mujer.

—Lo siento, papá.

—Escucha —continuó él con tono brusco—. Me han invitado a una gala benéfica en Nueva York, donde se

118

celebrará un desfile de moda o una tontería parecida. Vendrás conmigo.

—Pero odias mis diseños de moda. Ni siquiera quieres prestarme dinero para que abra una boutique.

—No me importa un pimiento la moda y lo de tu
tienda es una idea ridícula —le espetó él—. No conozco a nadie que se atreviera a llevar nada de lo que
diseñas. Las niñas del colegio tienen más sentido del
gusto que tú.

Para David Caine, su talento no era más que una
pérdida de tiempo.

—Es bueno para nuestra imagen —continuó él—. Lo
recaudado en el evento irá destinado a los huérfanos
o las víctimas del SIDA o a una de esas causas por las
que babean los liberales. En Hollywood, me critican
por mi defensa del matrimonio tradicional. Me acu-
san de no tener corazón.

Stella no pudo evitarlo. Su cuerpo se envolvió en
posición fetal.

De inmediato, Bobby le frotó los hombros, un dulce recordatorio de que no estaba sola.

—Será dentro de dos semanas. Lleva lo que te pa-
rezca, siempre que sea decente, no me importa. No
puedo dejar que la gente piense que la hija de David
Caine es una cualquiera.

Sin corazón. Era la forma más exacta para describir a su padre.

—¿Dentro de dos semanas? —preguntó ella. Tenía
cosas que hacer. Debía recoger los resultados de las
pruebas, reunirse con los abogados de familia. Llevaba dos años sin ver a su padre, ¿y él esperaba que se
acomodara a sus deseos en un plazo de dos semanas?

–Dile que verás si tienes un hueco en la agenda –le susurró Bobby en voz muy baja.

–Tengo que revisar mi agenda. Ya te diré si puedo –dijo ella al teléfono. Hecho. Una pequeña victoria.

–No te estoy dando opción, Stella. O vienes conmigo o…

La forma en que pronunciaba su nombre, como si fuera una maldición, siempre transportaba a Stella a su primera fría y solitaria noche de Navidad tras la muerte de su madre. Volvía a sentirse como una niña pequeña abandonada y rechazada.

–Dile que verás lo que puedes hacer –le sugirió Bobby al oído–. Luego, cuelga.

–Yo… veré qué puedo hacer.

–Tú harás lo…

Bobby le quitó el teléfono de la mano y desconectó la llamada. Se quedaron un momento tumbados, perplejos y silenciosos. Bobby había colgado al gran David Caine. Ella no sabía si enfadarse o estarle agradecida.

Entonces, contra su voluntad, Stella hizo algo que había jurado no volver a hacer a causa de su padre.

Empezó a llorar.

Capítulo Diez

Bobby abrazó a Stella. Hondos sollozos sacudían su cuerpo. Cielos, cuánto le dolía a Bobby verla así. Deseó romperle la cara a Caine por varios sitios diferentes.

¿Cómo se atrevía Caine a hablar de ese modo a su propia hija? Esa era exactamente la razón por la que debían ir a hablar con un abogado de familia antes de comunicarle la noticia al futuro abuelo.

Bobby la apretó entre sus brazos. Ella se aferró a él. Y él no sabía qué decir. Se limitó a abrazarla, frotándole la espalda, y a besarla en la frente y en las mejillas.

Al fin, ella empezó a calmarse. Limpiándose la nariz, esbozó la sonrisa más triste que Bobby había visto.

—Lo siento. Deben de ser las hormonas.

—No te disculpes, Stella.

Sus palabras hicieron que ella rompiera a llorar de nuevo, así que la besó. No fue un beso ardiente como el de esa mañana, sino una forma de comunicarle que no pasaba nada si se mostraba vulnerable con él. Podía protegerla, si ella se lo permitía.

De pronto, alguien llamó a la puerta con brusquedad e insistencia.

Salieron de la cama a toda prisa y fueron hacia la puerta.

Mickey parecía mucho más que nervioso. Tenía la cara roja y jadeaba.

–Tu padre –dijo Mickey, sin aliento, antes de romper a toser.

–Ya he hablado con él –contestó Stella.

–¿Qué quería? –preguntó Mickey, y los miró con atención a ambos. Stella tenía la cara roja y los dos tenían aspecto de haber salido de la cama–. ¿Qué estabais haciendo?

Stella ignoró la segunda pregunta.

–Me dijo que tenía que acompañarlo a una gala benéfica y un desfile de moda.

Bobby la miró sorprendido. Stella todavía tenía los ojos hinchados de llorar, pero sonaba más calmada que nunca.

Mickey hizo una mueca, confuso.

–¿Y eso no es bueno? Nunca había mostrado el más mínimo interés por tus diseños. ¿No será que quiere empezar a hacerlo?

–Yo… –balbució Stella, y se cubrió la boca con la mano.

–Ah, vaya –dijo Mickey con voz ronca, buscándose un pañuelo en el bolsillo–. No empieces con eso.

Bobby los contempló a los dos. Daba la impresión de que no era la primera vez que vivían una situación parecida.

Parecía obvio que David Caine no le decía nunca a su hija que estaba orgulloso de ella. Solo le decía que sus diseños, su pasión, eran ridículos.

Al pensarlo, Bobby se enfureció de nuevo.

En su familia, no estaban acostumbrados a llorar. Maldecían, gritaban, daban puñetazos, tiraban cosas… pero no se callaban nada. Siempre sabías exactamente lo que pensaba un Bolton.

Su padre al menos dos veces le había alabado su trabajo y le había recordado que su madre habría estado orgullosa de él.

Sí, Ben le había echado un buen sermón por su situación actual. Pero su hermano no se lo restregaría por las narices durante el resto de su vida.

Bobby le soltó la mano a Stella y la rodeó de la cintura. No sabía qué futuro les esperaba, ni qué pasaría cuando el bebé naciera… pero estaba seguro de que quería que los dos estuvieran del mismo lado.

–La gala es dentro de dos semanas –explicó Bobby–. Tenemos hora para que le hagan pruebas y tenemos cita con un abogado de familia. Necesitaremos casi un mes para todo.

A Mickey no le gustó la respuesta. Afiló la mirada.

Pruebas, ¿eh?

–Tenemos que estar seguros antes de decírselo a mi padre. Si no… –contestó Stella, en apariencia, recuperada.

Ella tiritó y Bobby se dio cuenta de que solo llevaba una camiseta de tirantes y mallas.

–¿Tienes frío?

Stella se encogió de hombros. Bobby tuvo una idea. Él podría aclarar las cosas con Mickey.

–Por favor, tráeme mi camisa, ¿de acuerdo? –indicó Bobby, dándole un pequeño empujón hacia el dormitorio.

–De acuerdo –repuso ella, le dio un rápido beso en la mejilla y se dirigió hacia la habitación.

Mickey esperó a que la puerta se cerrara.

–No he conocido a ningún hombre que sea merecedor de ella –rugió el pelirrojo con la mano en el bolsillo.

Bobby sabía que era un insulto en toda regla, pero tenía cosas más importantes en las que pensar.

–¿Vas a dispararme o no? Porque si vas a hacerlo, te agradecería que acabáramos de una vez.

Mickey le lanzó una mirada de odio.

–No, no voy a dispararte –contestó el guardaespaldas de Stella, y le devolvió a Bobby su pistola–. Ella te eligió. No soy quién para decir que se equivoca. Pero no dejaré de vigilarte.

Bobby tomó el arma y la guardó en un armario, donde Stella no pudiera verla.

–Tomaré nota. ¿Café?

–¿Puedes añadirle algo de whisky?

–Seguro –repuso Bobby, y puso la cafetera–. Le he pedido a unas amigas que le consigan material para trabajar –indicó, señalando a las cajas que había esparcidas por el apartamento.

Cuando Bobby le tendió la taza de café aderezado, Mickey le dio las gracias con un gesto de la cabeza.

–Tienes que casarte con mi chica.

–No puedo.

–¿Y por qué no? Podéis casaros en privado, en la intimidad. No quiero que tenga un hijo bastardo.

Bobby dejó su taza de café sobre la mesa con tanta fuerza que vertió la mitad.

–Como vuelvas a hablar así de mi hijo, te romperé la mandíbula, con pistola o sin ella.

–Tranquilo –dijo Mickey, sin inmutarse–. Estás acostándote con ella, supongo. ¿Cuál es el problema?

–El problema es que ella me ha dicho que no. Dos veces.

Mickey abrió la boca, perplejo.

–¿Que ha hecho qué?

–No tiene interés en casarse y yo no puedo obligarle a hacer algo que no quiere. Así que nada de boda.

–Pero… pero… ¿para qué quieres hacer pruebas?

–Para que nadie cuestione el acuerdo de custodia –contestó Bobby–. Ella ha dejado clara su postura. No quiero que nadie la presione para hacer otra cosa, incluido tú. No eres su padre.

–No, no lo soy, pero ella es mi niña de todas maneras. Algunas familias no están unidas por lazos de sangre, sino que se forjan con el tiempo.

Detrás de ellos, se abrió la puerta del dormitorio. Stella salió con aspecto perfectamente compuesto. Se había cepillado el pelo, se había maquillado y se había puesto un suéter. Aunque seguía descalza, advirtió Bobby con una sonrisa al ver las uñas de sus pies pintadas de rosa.

–¿Os estáis comportando bien? –preguntó ella, tendiéndole a Bobby su camisa.

–Lo estamos pasando genial, niña –contestó Mickey–. ¿Estás mejor?

–Mucho mejor –repuso ella, dándole un beso al viejo en la mejilla.

Mickey le dio una palmadita cariñosa en el brazo. Bobby se fijó en que al pelirrojo le brillaban los ojos, notó cómo Stella se preocupaba por él. Eran gestos típicos de un padre y una hija. Aunque Mickey no era su padre.

Stella estaba tumbada en la cama de Bobby, bostezando. La cena había sido bastante agradable. Mickey se había relajado un poco, incluso, había empezado a mostrar simpatía hacia Bobby.

Solo eran las diez y media y había dormido siesta, pero estaba agotada de todos modos. Siempre le había gustado quedarse despierta hasta tarde, pero el embarazo estaba poniéndolo todo del revés. Lo único que mantenía sus ojos abiertos era la idea de que Bobby estaba a punto de entrar. Se había ido a duchar.

Podía casarse con él, pensó, casi sin querer. Podía aceptar su oferta, caviló. Tal vez, funcionaría.

Stella cerró los ojos y trató de imaginarse una vida perfecta con Bobby. Ella tendría una tienda con una habitación de juegos en la parte trasera donde poder jugar con el bebé. Bobby se pasaría a recogerlos en el camino a casa desde el trabajo. Volverían los tres a su hogar y cenarían juntos. Después de acostar al niño, ella y Bobby se acurrucarían como habían hecho esa mañana. Se iría a dormir sabiendo que él la despertaría con un beso y una caricia, y eso llevaría a mucho más. Quería poder hacer el amor con él todos los días. Hacían una buena pareja.

Sin embargo, no podía durar. Aparte de que ella vivía en Nueva York y Bobby tenía a su familia y su empresa en Dakota del Sur, había otros factores. En el mundo real, las historias de amor no tenían un final feliz. La gente se moría, se desenamoraba, era infiel. Bobby se cansaría de la relación, de ella. Y ella no podría soportar el rechazo inherente a cualquier divorcio. No podría soportar que acabara odiándola otro hombre al que apreciaba.

Además, no podía arriesgarse a que su hijo sufriera, bajo ninguna circunstancia. No, no podía casarse con él. Tenía que protegerse a sí misma. Y debía pensar en su bebé.

Cuando miró el reloj vio que eran las once y media. Y seguía sola en la cama. ¿Cuándo tardaba un hombre en prepararse para irse a dormir? Una hora le parecía mucho.

Sin molestarse en ponerse el albornoz, se levantó de la cama. El aire frío le puso la piel de gallina.

Abrió la puerta de la habitación y escuchó. La casa estaba en silencio, a oscuras. ¿Dónde estaba Bobby?

Encontró la respuesta en el suelo del salón. Él estaba tumbado boca arriba, con la boca abierta, roncando bajo una manta demasiado fina.

Ella lo observó decepcionada. Antes de que Stella tuviera tiempo de irse sin hacer ruido, él abrió los ojos.

—¿Stella? ¿Todo bien?

—Te estaba esperando.

—Ah, sí. Lo siento —dijo él, y se pasó la mano por la cara, bostezando. No parecía sentirlo en absoluto.

Había dado por hecho que la acompañaría en la cama por la noche. Eso habían acordado esa mañana, cuando habían hecho el amor.

—Pensé que ibas a dormir en la cama —dijo ella, tragando saliva, temblando—. Conmigo.

Bobby se quedó paralizado un momento.

—Pero es un problema, ¿no lo entiendes?

No, Stella no lo entendía.

—De acuerdo. Siento haberte despertado.

Cuando se giró para irse, él la detuvo, sujetándola del tobillo.

—Stella, ¿qué quieres? Lo pregunto porque tus palabras me dicen una cosa y tus acciones me dicen otra.

Bobby todavía la sujetaba, calentándole la pierna con sus caricias.

—¿Qué quieres decir?

—Sabes que ya he roto mi contrato con FreeFall TV, ¿no? Al acostarme contigo, al dejarte embarazada... tu padre podría demandarme y sacarme todo lo que poseo y más. ¿Lo entiendes?

—Sí —afirmó ella. Sabía que Bobby no le estaba echando la culpa de la situación, pero sus palabras le dolieron de todos modos.

—Solo porque tuve un desliz una vez o dos, no me da permiso para seguir haciéndolo.

Claro. Stella lo entendió por fin. La llamada de su padre esa mañana había servido para que Bobby recordara que David Caine era quien llevaba la batuta.

—Lo único que podemos hacer para no romper las cláusulas morales del contrato que firmé es casarnos. Pero tú ya has rechazado esa posibilidad —añadió él con calma, como si estuviera hablando del tiempo y no de su futuro—. Dos veces.

Entonces, Stella creyó percibir un atisbo de dolor en la voz de él, como si lo hubiera herido al rechazarlo. Pero no estaba segura.

Podía casarse con él, se recordó. Sin embargo, ¿estaba tan desesperada como para recurrir al matrimonio solo para saciar su sed de amor?

Él seguía acariciándole la pierna.

–Así que dime qué quieres. Creo que no se me da nada bien adivinarlo.

Aunque Bobby tenía los ojos cerrados todavía, la calidez de su contacto hizo que Stella se agachara a su lado. Él la rodeó de la cintura, haciéndole subir la temperatura al instante.

–Quiero irme a dormir entre tus brazos. Quiero despertarme en el mismo sitio. Quiero que me hagas el amor. No quiero que nadie o nada nos diga que no podemos o que no debemos hacerlo –contestó Stella. Deseó poderle ver los ojos, pero él los tenía todavía cerrados. Posó la mano en su mejilla, que estaba suave y lisa, como si se hubiera afeitado antes de acostarse–. Quiero quedarme contigo hasta que tengamos los resultados de las pruebas. ¿No podemos estar juntos unas pocas semanas?

Tenían unas pocas semanas para fingir que eran una familia feliz, algo que ella nunca había conocido. Podían separarse después como buenos amigos.

Bobby posó su mano sobre la de ella.

–Me estás pidiendo que lo arriesgue todo. Todo.

Por primera vez, Stella percibió algo nuevo en sus palabras, miedo.

–Me has preguntado qué quiero –dijo Stella.

–Es verdad –repuso él con una sonrisa. Entonces, abrió los ojos. No había en ellos dolor, ni miedo. No parecía sobrecargado con un peso insoportable. En todo caso, parecía… satisfecho.

–¿Sabes lo que diría mi hermano Ben?

Stella no lo sabía, ni le importaba. Solo le importaba lo que él dijera. ¿La mandaría al diablo? ¿Dejaría que David Caine y sus malditas cláusulas morales dominaran su vida? ¿Le diría que tenía que elegir o una cosa u otra, todo o nada?

–¿Qué?

Bobby se incorporó y la abrazó contra su pecho. Sí, eso era lo que ella quería.

–Diría que yo siempre pongo en peligro el negocio. Soy famoso por tener las ideas más alocadas y, luego, llevarlas a la práctica.

Ella se relajó un poco más entre sus brazos, dejando que su calidez la envolviera.

–Supongo que esto es una locura de las grandes, ¿verdad?

–La más grande –repuso él y se levantó, llevándola consigo–. Solo unas semanas, ¿no?

–Sí.

Bobby la llevó de vuelta a la cama y la depositó sobre el colchón. Ella se metió bajo las sábanas y las sujetó para él.

Al momento, estaban abrazados de nuevo, justo como ella deseaba estar. Solo se sentía segura entre sus brazos. Ya podía descansar tranquila.

–Stella.

–¿Sí? –dijo ella, a punto de dormirse.

Él la abrazó con un poco más de fuerza.

–Me alegro de que estés aquí.

Bobby estaría allí por la mañana, se dijo Stella. No se despertaría sintiéndose usada ni abandonada. Durante unos días más, por lo menos, podía seguir jugando con él a las familias felices.

Capítulo Once

Stella tenía muchas ganas de ir al baño.

Estaba entre sus brazos. En algún momento de la noche, se habían girado y él la abrazaba por detrás. Estaban apretados como dos cucharas en el cajón de los cubiertos. Era una gozada estar así. Si la presión de su vejiga no fuera tan intensa, se quedaría allí tumbada, disfrutando de la sensación de su cuerpo contra la espalda y el trasero. Había mucho que disfrutar.

Pero tenía que ir al baño.

Intentando moverse despacio para no despertarlo, le apartó una mano. Gruñendo en sueños, él la soltó. Stella salió de la cama y corrió al baño. Casi no llegó a tiempo.

Igual Bobby seguía dormido, pensó ella. Después de todo, no había hecho apenas ruido. Sí. Se metería bajo las sábanas otra vez como si nada hubiera pasado. Era un buen plan.

Sin embargo, cuando Stella abrió la puerta con todo el sigilo que pudo, se encontró con que Bobby estaba despierto.

Recostado en las almohadas, se rascaba la mejilla con la mano, mientras clavaba los ojos en ella.

La estaba mirando con intensidad.

—Buenos días, preciosa.

Bobby le dedicó una sonrisa devastadora.

–¿Has cambiado de opinión sobre lo que dijiste anoche?

Stella envidió su frialdad, teniendo en cuenta que se refería a su propuesta de hacer el amor por la mañana. Pero ella no había cambiado de opinión.

–No. ¿Tú?

–No. Aunque me gusta mucho que me digas lo que quieres. Así no hay confusiones.

–Quiero… –comenzó a decir ella con una sonrisa. Aun medio dormido, Bobby era demasiado guapo como para resistirse a él–. Quiero que me hagas un cumplido.

Bobby no titubeó ni un segundo.

–Eres la mujer más encantadora que he conocido, Stella. Eres una belleza etérea.

Ella se detuvo, llevándose los dedos la mejilla, como si quisiera sopesar el mérito de su cumplido y, de paso, para esconder una sonrisa.

–¿Y?

Él arqueó una ceja, dejando claro que sabía que era un juego y que le gustaba jugar.

–Tus diseños son fantásticos. Me impresiona sobremanera el trabajo que puedes hacer a mano.

Ella dio otro paso hacia la cama.

–¿Sí?

Bobby asintió con entusiasmo.

–Me maravillan las cosas que puedes hacer con las manos. Es fascinante.

Eso la hizo reír.

–¿Ah, sí?

–Pienso en ello todo el tiempo –repuso él, contemplándola con ojos brillantes.

–Quiero verte desnudo –dijo ella, envalentonada. Todavía no lo había visto desnudo del todo.

–¿Quieres desvestirme tú o prefieres que lo haga yo? –preguntó él con una pícara sonrisa.

Stella no había anticipado esa pregunta. De pronto, se puso nerviosa otra vez.

–Um… Miraré.

Bobby se levantó de la cama como un rayo y se colocó delante de ella. Primero, se quitó la camiseta, dejando al descubierto unos músculos esculpidos que le quitaron a Stella la respiración. Tenía el pecho salpicado de vello dorado que se camuflaba con el color de su piel. Ella deseó recorrerle todo el cuerpo con las manos.

Sobre un hombro, tenía un enorme tatuaje de una cabeza de dragón. La bestia estaba silueteada en vivos tonos de verde y dorado con llamaradas rojas que le llegaban al pecho. Tenía un toque artístico. Era, incluso, hermoso. Bobby había estado ocultando algo más que músculos bajo las ropas.

–¿Te gusta? –preguntó él, mientras se bajaba los calzoncillos.

–Sí, mucho.

A pesar de su impresionante erección, él logró quitarse la ropa interior. Stella no podía apartar los ojos de esa parte de su anatomía.

Era muy… grande. Pero perfectamente formada. Por supuesto, todo en él mantenía una simetría perfecta. Si no hubieran hecho el amor varias veces antes, ella dudaría de ser capaz de albergarlo por completo dentro de sí. Todo el cuerpo se le tensó de delicioso deseo mientras lo contemplaba. Bobby estaba así por ella… porque la consideraba encantadora, etérea, brillante y porque hacía cosas maravillosas con las manos.

Era eso justo lo que quería hacer en ese momento, se dijo ella, invadida por una ardiente sensación. Él la excitaba y viceversa. Era una combinación perfecta.

Si Stella hubiera estado igual que él, allí delante, por completo desnuda, bajo su atenta observación, se habría puesto nerviosa. Cielos, estaba nerviosa y todavía tenía puesto el camisón. Pero Bobby, no. Con una sonrisa socarrona, estaba poniendo poses, intentando buscar en cuál estaba más agraciado.

—¿Qué pasa? —preguntó él, ni lo más mínimo avergonzado por la risa de su compañera.

—¿Nunca has sido modelo? —dijo ella, maravillada.

—No —contestó él con una nueva postura, especialmente exagerada—. ¿Lo estoy haciendo mal?

Bobby sabía cómo hacerla sentir cómoda. Bueno, sin contar lo que experimentaba al ver su poderosa erección. Los pezones se le pusieron duros bajo la camisola que llevaba y, al verlo, él se quedó paralizado, contemplándola con atención.

Stella necesitaba sentirlo dentro de su cuerpo. Cuanto antes.

Sin embargo, Bobby no se acercó.

—¿Qué más quieres? —preguntó él con voz ronca y sensual.

Stella adivinó que él se estaba conteniendo, esperando que ella hiciera la invitación. En medio del deseo que crecía con cada latido, otro sentimiento se abrió hueco en su corazón. Bobby estaba pensando en ella. Le importaba que ella estuviera bien.

–Quiero… –comenzó a decir Stella y dio un paso hacia él, que la rodeó de inmediato con sus brazos–. No, todavía, no. Quiero tocarte.

–Vas a matarme.

–La paciencia es una virtud –replicó mientras comenzaba a acariciarle desde las manos hacia los brazos.

–Quizá tú tengas esa virtud, pero yo, no –dijo él. Sin embargo, cerró los ojos y no se movió.

Le recorrió los hombros y el pecho. Sus músculos parecían esculpidos en piedra. Con cuidado de no tocar su erección, le tocó los muslos. Él gimió, presa del deseo y la frustración.

–Date la vuelta.

Bobby obedeció, aunque refunfuñando.

Su espalda era una sinfonía de músculos, muchos de los cuales se estremecían ante su contacto. Despacio, ella trató de grabarse en la mente cada centímetro, como si fuera un sastre tomando medidas para un traje nuevo. El dragón le ocupaba casi toda la espalda. Tenía las patas delanteras en el omóplato, las traseras en la columna y la cola apoyada en la cintura. Ella le recorrió el animal tatuado con los dedos.

–¿Tiene algún significado en particular?

–Bueno, los dragones dan buena suerte.

–¿Pero?

–Mis hermanos me dijeron que era una estupidez.

Era un dibujo con todo lujo de detalles. Debían de haber tardado mucho tiempo en terminarlo.

–¿Y te lo hiciste a pesar de eso?

–No –contestó él–. En realidad, no. Siempre he tenido… grandes sueños. Ambiciones. Quería ser dueño de mi propio pueblo. Mi padre nunca pensó más allá de la siguiente moto, la siguiente paga, pero mi madre… –explicó, y su voz se desvaneció–. Me dijo que lo único que necesitaba era un poco de suerte.

–Por eso, te hiciste un dragón.

–Es único. Destruí el dibujo después de que me lo hicieran. Quería tener algo que nadie más tuviera.

–Es una obra de arte. De verdad.

–Gracias.

Bobby parecía aliviado, como si hubiera temido que ella hubiera estado de acuerdo con sus hermanos.

Stella dejó el tatuaje y bajó hasta sus glúteos. Los agarró, sintiendo sus firmes músculos. Tenía un trasero impecable. Ella nunca había diseñado ropa para hombres, pero para un trasero así, no le importaría coser un par de pantalones.

–Me encantaría medirte.

Él gimió como si estuviera agonizando.

–Vas a acabar matándome, Stella.

–¿Ah, sí? –repuso ella y, pegándose a su cuerpo por detrás, alargó las manos y le agarró la erección.

–Sí –murmuró él, aún sin mover los brazos.

Con la cara apoyada en el omóplato de él, Stella recorrió su largo miembro con las manos. Sí, era bastante grande. Cálido y duro a causa de su contacto.

Mientras lo acariciaba despacio, inspiró su aroma. Olía a ropa limpia con una con una pizca de algo más que ella solo pudo catalogar como deseo.

Con suaves gemidos de placer, Bobby se dejó hacer. Ella se sintió poderosa por ser capaz de provocarle aquello.

–Quiero que me desnudes.

Stella esperaba que se girara, le arrancara las ropas y la lanzara a la cama. Lo había llevado al límite de la excitación, después de todo.

Sin embargo, Bobby hizo algo diferente. Se giró, sí, y tomando el rostro de ella entre las manos, la besó. Fue un beso cargado de deseo, igual que ciertas partes de su anatomía que se apretaban contra ella, pero no fuera de control. Fue el beso de un hombre que sabía exactamente lo que hacía.

Bobby apartó su boca, lo justo para bajarla al cuello de su amante. Mientras se lo acariciaba con los labios, deslizó los dedos bajo los tirantes de su camisola y se los quitó de los hombros. Siguió el camino que dejaba la ropa al caer, presionando la boca contra su clavícula, sus pechos.

Un húmedo calor invadió a Stella. Sí. Eso era lo que quería. Sí.

Le había pedido que la desnudara y eso estaba haciendo. Pero la clave estaba en la forma. Bobby había adivinado lo que ella necesitaba, aun sin que lo hubiera formulado en palabras.

Temblando de deseo, Stella dejó de sentirse nerviosa. Le pareció natural que Bobby le lamiera el pezón, mientras le bajaba el camisón hasta la cintura. También le pareció normal que se colocara de rodillas para terminar de quitarle el camisón y las braguitas. Con la misma naturalidad, la agarró de los glúteos y la besó en la parte superior del muslo.

Ella entrelazó los dedos en su pelo, mientras él terminaba de quitarle la ropa. La besó de nuevo. Sus cuerpos estaban pegados, sin nada que los separara, ni siquiera las sábanas. En esa ocasión, su beso guardaba algo más... más hambre, más urgencia.

Bobby estaba perdiendo el control y a ella le gustaba. Le encantaba que no pudiera dominar su deseo. Eso la hacía sentir poderosa.

–Dime qué quieres.

Fue la voz de la rendición total. Stella podía hacer lo que quisiera con él y él lo aceptaría. De buen grado.

–A la cama –ordenó ella.

De inmediato, Bobby se tumbó. Su erección sobresalía como el mástil de un velero.

Stella se montó a horcajadas encima de él y lo montó mientras la besaba y la sujetaba de la cintura. Un mar de deliciosas sensaciones la invadió, mientras sentía su erección pujando para penetrarla.

Ella se apretó contra su cuerpo, ansiando tenerlo dentro.

–No, espera –dijo él, y la levantó un momento, apartándola lo justo para alcanzar un preservativo.

Parecía ridículo, pues ella ya estaba embarazada, pero Bobby había dejado clara su postura respecto a hacerse nuevas pruebas médicas.

En cuanto se hubo puesto la protección, colocó a Stella donde estaba. Ella se estremeció mientras la penetraba, gimiendo de placer.

–Sí.

–¿Es esto lo que quieres? –preguntó él, empujando por entrar a fondo, agarrándola de las caderas.

–Sí –gimió ella de nuevo, mientras le clavaba las uñas en los hombros para sujetarse.

–Eres muy hermosa, Stella –dijo él, sin abandonar

el suave ritmo de sus arremetidas, y el clímax crecía cada vez más–. Eres mía.

Suya, pensó Stella. Eso era que lo ella quería. Ser suya y que él fuera suyo.

Cuando Bobby la mordió entre el cuello y el hombro, ella no pudo contenerse más. Lo haría suyo, aunque solo fuera durante el breve tiempo que estuvieran juntos. Lo agarró de las manos y se las colocó encima de la cabeza, sujetándoselas allí mientras subía y bajaba encima de él cada vez más rápido.

–Stella –dijo él, intentando soltarse–. Espera.

Sin embargo, ella no lo escuchó. Lo montó más y más deprisa, acercándose al éxtasis.

–Así, preciosa –dijo él.

Ella abrió los ojos de golpe y lo miró, sumergiéndose en sus hermosos ojos color avellana.

–Dámelo todo… Quiero tenerte entera.

Algo en sus palabras, en sus ojos, hizo que Stella llegara al orgasmo con una fuerza inusitada.

Había sido eso exactamente lo que ella había pretendido. Era de día, no había alcohol de por medio y la había hecho sentir del mismo modo que cuando lo había conocido. Lo amaba por eso.

Y, al mismo tiempo, le aterrorizaba amarlo.

Agotada por el orgasmo, le soltó las muñecas. Al instante siguiente, Bobby la tenía sujeta de la cintura y la penetraba con fuerza.

Con un rugido, él también llegó al clímax. Ambos quedaron tumbados juntos, jadeantes.

Bobby la apartó un momento y se quitó el preservativo. Luego, se abrazaron como si fueran un solo ser.

Ella le recorrió el vello dorado del pecho con la punta del dedo. Una agradable sensación de paz la invadía, ayudada sin duda por el excelente sexo que acababa de disfrutar. Sabía que podía pedirle cualquier cosa y que, en vez de rechazarla, él haría lo que pudiera por complacerla.

—Nos llamaremos y hablaremos por chat y esas cosas, ¿verdad?

—Claro —repuso él, besándola en la cabeza, mientras le acariciaba la espalda.

—¿Incluso antes de que nazca el bebé?

—Incluso antes.

—¿Y vendrás a visitarnos?

—Estaré allí en el parto… siempre que puedas avisarme con antelación.

Esa no era la respuesta que Stella había deseado, aunque había sido una respuesta adecuada.

—No, quiero decir si vendrás a vernos.

—Sí —contestó él, aunque su tono de voz delataba que no había captado bien a qué se refería ella.

—Y, cuando vengas a vernos, tú y yo… —comenzó a decir ella, posando un beso en su pecho, encima del corazón.

Cuando Bobby no respondió de inmediato, ella temió haberse extralimitado en su pregunta.

Entonces, Bobby le acarició el pelo y le sujetó el rostro para que lo mirara.

—Mientras tú quieras, seré tuyo, Stella.

En ese mismo instante, ella supo dos cosas.

La primera era que estaba enamorada de Bobby.

La segunda, que cuando se separara de él le dolería más que nada en el mundo.

Pero tenía que separarse de él. Cuanto antes lo hicieran, más fácil sería. Debía dejar de amarlo. Cuanto más lo amara, más poder sobre ella le daba… poder para romperles el corazón a ella y a su hijo.

Sí, estaba dispuesto a casarse con ella, pero no era porque la amara. La razón era una cuestión de honor y de buenas intenciones.

Sin embargo, las intenciones no mantenían a una mujer saciada por la noche. Las intenciones no podían darle un padre a un bebé. Las intenciones eran menos que las promesas.

Bobby podía tener las mejores intenciones del mundo, pero ella no podía dejarse cegar por alguien que no la correspondía. Si lo hacía, solo conseguiría sufrir. No podía poner en riesgo su corazón, ni podía arriesgar el corazón de su bebé.

No dejaría que eso sucediera, por mucho que le costara.

Por eso, Stella no dijo nada. Se limitó a besarlo. Pronto, aquello se terminaría. Todas las cosas buenas se terminaban.

Bobby no pareció percibir su cambio de humor. La besó y la soltó.

—Ahora tenemos que trabajar —dijo él, saliendo de la cama.

—Sí.

Stella se obligó a pensar en sus agujas, su hilo, sus telas. Si iba a marcharse, podía aprovechar para asistir al desfile benéfico. Era una buena oportunidad, después de todo. Sí, iría.

Sin él.

Capítulo Doce

El domingo fue uno de los mejores días para Bobby. Él dispuso su portátil en un extremo de la mesa del comedor, mientras Stella trabajaba en la máquina de coser en el otro extremo. Ella sugirió que pusieran Cindy Lauper o Bangles, y cantaron juntos mientras hacían sus tareas. Él le hizo reír cuando demostró que se sabía la mayoría de las canciones al pie de la letra, y ella lo impresionó con lo bien que cantaba.

El día pasó deprisa. Stella se acomodó en el sofá, donde empezó a tejer algo. En varias ocasiones, Bobby se quedó embobado mirándola. Sin usar ningún patrón, estaba convirtiendo el hilo en encaje como por arte de magia.

–No es encaje de verdad –dijo ella, cuando lo sorprendió observándola.

–No me importa. Solo estoy admirando lo que puedes hacer con las manos –comentó él y, cuando ella se sonrojó, añadió–: ¿Dónde has aprendido?

–Me enseñó mi madre –contestó ella con una sonrisa feliz–. Me enseñó a hacer los distintos tipos de punto –explicó con voz suave, marcándosele más su acento inglés–. Me contó que las mujeres O´Flannely habían tejido durante generaciones y que pasaban sus conocimientos de madres a hijas. Me dijo que era mi derecho de nacimiento aprender también.

Durante todo el tiempo que hablaba, Stella no paraba de mover las agujas. Él se preguntó si podría tejer también mientras dormía.

Cuando el rostro de ella se ensombreció, Bobby recordó que solo tenía ocho años cuando perdió a su madre.

—En el colegio, me quitaron las agujas. Creo que amenacé con pinchar a una niña que se metía conmigo. Pero la hermana Mary O´Hare se apiadó de mí, dentro de lo severas que eran todas las monjas, claro.

—¿Qué te hacían? ¿Te pegaban con una regla en los nudillos?

—Más o menos. La hermana Mary me dejaba ir a su habitación y tejer junto al fuego. Luego, tenía que dejar las agujas allí pero, todas las noches, me daban una hora para trabajar separada de las otras niñas. En esa hora, podía fingir que mi madre…

De pronto, Stella se calló y su rostro se tornó impenetrable.

—¿Te quedabas a dormir en el colegio?

—Estaba interna en Saint Mary, en Cambridge. Aunque no acogían a niñas internas hasta los trece años, hicieron una excepción conmigo por el dinero de mi padre.

—¿Vivías allí?

Ella sintió.

—Si Mickey podía, iba a buscarme en Navidad y me llevaba a nuestro viejo piso. Después, mi padre lo vendió, así que Mickey y yo empezamos a pasar las Navidades en su casa —explicó ella con una amarga sonrisa—. Un poco pequeña, pero muy acogedora.

Aunque su voz sonaba controlada, sus dedos se

movían más rápido que nunca. ¿Por qué no había ido su padre a buscarla en vacaciones?, se preguntó Bobby. ¿Qué clase de hombre no se tomaba un descanso para ir a ver a su hija en Navidad?

Un hombre que no tenía corazón. Sin duda, esa debía de ser la razón por la que Stella le había pedido que le asegurara que iría a visitar al bebé en su cumpleaños y en Navidad. No podía imaginarse nada más triste que una niña huérfana abandonada en un internado, ignorada por su padre.

—¿Solo Mickey y tú? —preguntó Bobby tras un largo silencio, pues fue lo único que se le ocurrió.

—Sí. Solos los dos.

A Bobby le rompía el corazón pensarlo. En cuestión de minutos, dejó de sentir lástima y se puso furioso. ¿Cómo se atrevía David Caine a tratar así a su hija? Quería prometerle a Stella que él nunca le volvería la espalda a su bebé. Pero ella parecía haberse cerrado a la conversación. Era obvio que no quería hablar más del tema… y no podía culparla.

—¿Eso es para el desfile benéfico?

—Sí.

—Entonces, ¿vas a ir?

—Sí.

Stella parecía decidida. Eso significaba que se iría dentro de dos semanas escasas. No quería que se fuera. Por desgracia, no estaba en posición de pedirle que se quedara.

—¿Lo habrás terminado a tiempo para enseñármelo antes de irte?

Ella esbozó un gesto fugaz de tristeza, antes de mostrarle el pedazo de encaje que ya había tejido.

–Eso espero.

Fue todo lo que dijo. Enseguida, ambos volvieron a concentrarse en su trabajo.

Aunque le llevó algo de tiempo hacer la comida y la cena, Bobby logró terminar el informe financiero que Ben necesitaba. Stella ya se había ido a la cama para entonces. Él quería acostarse a su lado, sentir su cuerpo caliente entre los brazos.

Pero tenía que hacer algo, así que aprovechó que estaba solo para hacer una llamada.

–¿Qué?

La voz de Billy sonó hostil. Como siempre.

–Necesito un favor.

–No.

Bobby lo ignoró.

–Necesito que actúes ante las cámaras el jueves.

–¿Para qué diablos lo necesitas?

–Tengo que hacer algo y no quiero que haya cámaras. Necesito que ocupes mi lugar en el programa.

Bobby podía imaginar a su hermano echando humo por las orejas al otro lado de la línea. A Billy no le gustaba ser una estrella de la pantalla, lo que era una pena, pues era excelente ante las cámaras. Maldecía y tiraba cosas y se ponía furioso… justo lo que el público quería. Habían logrado lanzar el *reality show* gracias a todos los seguidores que habían conseguido con la serie de internet que Billy había protagonizado. Pero el trato había sido que Bruce y Bobby serían el cebo del *reality show*, para que Billy pudiera zafarse de las grabaciones que tanto odiaba.

Bobby esperó. No quería hablarle a Billy de Stella, al menos, todavía, no. El talón de Aquiles de su hermano eran las mujeres embarazadas y los bebés. Si se enteraba de su situación, nadie sabía cómo podía reaccionar. Y él no estaba de humor para averiguarlo.

–¿Quién es ella?

Maldición. O se lo había dicho Ben o lo había adivinado, pensó Bobby.

–Te lo explicaré después, ¿de acuerdo? Tú sustitúyeme el jueves.

Billy silbó. Bobby decidió que prefería que su hermano el grandullón maldijera.

–Vas a estar en deuda conmigo durante mucho tiempo por esto.

–Lo sé.

–¿Estás haciendo lo correcto?

Bobby contó hasta diez en silencio. Cada vez más, le parecía que Ben había hablado con Billy sobre su secreto.

–Lo intento. ¿Vas a ayudarme o no?

–Sí, vale –dijo Billy, y colgó.

La conversación no había ido mal, caviló Bobby. Solo le quedaba informar al equipo de producción de que el jueves la grabación tendría lugar en el taller. Envió los correos electrónicos pertinentes y apagó el ordenador.

Luego, se fue a la cama, abrazó a Stella por la cintura y se quedó dormido mientras escuchaba su respiración.

No quería que ella se fuera.

Pero no sabía cómo hacer que se quedara.

***

146

Pronto, se acomodaron el uno al otro. Stella y Bobby hacían el amor como locos por la mañana, luego, él se iba a trabajar en la obra, donde tenía que hacer que construir un complejo residencial de quinientas habitaciones fuera lo más entretenido posible ante las cámaras. Mickey iba a visitar a Stella durante el día y ella se concentraba en la creación de su nuevo vestido.

Cuanto más tiempo pasaba fuera de casa, más ganas tenía él de volver. Mucho habían cambiado las cosas desde las largas semanas en que se había quedado a dormir en el tráiler en la obra con tal de no hacer el trayecto a su apartamento.

Se esforzaba todo lo que podía para volver a casa a las seis y cenar con Stella. Ella le mostraba sus progresos y él le hablaba de la construcción. El intricado trabajo que llevaba el vestido era evidente, aunque él no podía imaginarse cómo acabarían juntas todas las piezas que ella le enseñaba.

Un día, Bobby se sorprendió estudiando los planos del ático que iba a construirse. Tenía mucho espacio y necesitaba añadir una habitación para el bebé. ¿Debería diseñar uno de los cuartos de invitados para Stella? ¿O dormiría ella con él en su cama?

Otra cuestión que tenía en mente era dónde poner el taller de trabajo de Stella. Ella hacía unas creaciones increíbles. Había reservado la primera planta del edificio para tiendas. ¿Qué le impedía dedicar un poco de ese espacio a Stella? Podía ofrecerle una boutique con una zona de taller de costura. Los huéspedes del complejo podrían permitirse comprar sus diseños, cuya sensibilidad, suave y dura a la vez, encajaba a la perfección con la imagen de los moteros más sofisticados.

Quizá, si le ofrecía una boutique, la misma que ella llevaba tiempo deseando, Stella se daría cuenta de que era su hombre. Tal vez, comprendería que podía hacerla feliz.

Lo más probable era que ella lo rechazara con mucha educación porque su vida estaba en Nueva York. Ya le había dicho que no antes. Él no quería que lo volviera a rechazarlo. No quería confirmar su temor a no poder hacer nada para que ella se quedara.

Por eso, Bobby mantuvo la boca cerrada. No habló ni de habitaciones, ni de tiendas.

El jueves, acudieron a la consulta del médico. Bobby sujetó la mano a Stella mientras le sacaban sangre. Había quedado con Gina y Patrice para que la recogieran después del análisis.

Les dijeron que los resultados estarían listos dentro de cinco días hábiles, es decir, el próximo jueves. Ese mismo día, Stella pensaba volver a Nueva York, aunque el desfile benéfico no tenía lugar hasta el sábado. Dijo que necesitaba un par de días para recuperarse después del vuelo, lo cual parecía razonable.

Sin embargo, Bobby no estaba contento. No quería que les llamaran del médico después de que ella se hubiera subido al avión. Quería estar con ella.

Además, ¿qué diablos iba a hacer a partir del jueves? Ella tendría citas con el médico. Pronto, podría escuchar el latido del corazón del bebé. ¿Iba a dejar que fuera Mickey el primero que oyera el latido de su hijo?

No. Bobby quería estar allí con ella.

Pero lo único que Stella quería era que los llamara y que los visitara de vez en cuando, con sexo incluido cuando fuera conveniente. No era un matrimonio.

No era lo mismo que tenerla a su lado.

De alguna manera, iba a tener que acostumbrarse, se dijo Bobby.

El martes hacía mucho frío. Justo fue el día en que el encargado de la obra le pidió que lo acompañara a echar un vistazo a los avances. Bobby se puso su abrigo y su sombrero.

Mientras caminaban por la obra, seguidos de las cámaras, Bobby no dejaba de mirar el cielo. Quizá, nevaría al día siguiente y Stella decidiría no arriesgarse a volar el jueves. Y, si no iba al desfile benéfico, podía quedarse otra semana... hasta el Día de Acción de Gracias. Diablos, si el tiempo empeoraba de veras, incluso, podía quedarse allí hasta Navidad. Y, si estaba allí en Navidad, le daba lo mismo esperar a Año Nuevo para irse.

Sumido en sus pensamientos y en la visita a la obra, Bobby no se fijó en el coche negro del que se bajó un pequeño hombrecillo pelirrojo. De pronto, Mickey se colocó delante de él con cara de preocupación. Y delante de las cámaras.

Cielos, pensó Bobby. Stella. El bebé.

—¿Está...? —iba a preguntar Bobby, pero se golpe se dio cuenta de dónde estaba.

La cámara se movió para tomar un primer plano de él.

—Necesito hablar contigo —dijo Mickey, sin mirarlo

a los ojos. Al comprender la preocupación de Bobby, añadió en un murmullo–: Ella está bien.

–Claro –repuso Bobby, y se giró al equipo de grabación–. ¿Hacemos un descanso para tomar café?

El cámara, que parecía helado de frío, asintió con entusiasmo. Bobby se dirigió a su tráiler con Mickey.

–¿Qué pasa? –preguntó él, en cuanto estuvieron lo bastante lejos como para no ser oídos–. ¿Está bien Stella? ¿Y el bebé?

–Todo bien. Mira, tío, lo siento mucho. Lo siento de veras.

¿El tío más gruñón del mundo se estaba disculpando ante él?

–¿Qué sientes?

–Davy está en tu tráiler.

–¿Davy?

Entonces, Bobby lo comprendió. Davy era David. David Caine. Al entenderlo, se detuvo de golpe, conteniéndose para no agarrar a Mickey de las solapas y sacudirlo.

–¿Está aquí?

–Estaba preocupado por ella –contestó Mickey, aunque no parecía muy convencido de sus propias palabras.

–Eso no cuela –replicó Bobby. Más bien, parecía que David había amenazado a Mickey para que le confesara lo que sucedía. Aunque era difícil de creer que el pelirrojo hubiera traicionado a Stella–. Se lo habías prometido.

Entonces, otro pensamiento cruzó la mente de Bobby.

–¿Sabe que está embarazada?

—Yo no se lo he dicho –repuso Mickey.

—¿Sabe Stella que su padre está aquí?

—No –negó Mickey con aspecto de estar avergonzado por su delación.

Habían llegado a la puerta del tráiler.

—Más te vale que se lo digas… ahora.

Bobby abrió la puerta. David Caine estaba sentado ante la mesa de Bobby, observando los planos de la construcción como si fuera el dueño. Y, en cierta manera, lo era. Suyo era el cincuenta por ciento. Sin su inversión, el complejo residencial no habría sido posible.

Caine no levantó la vista cuando Bobby entró. Siguió mirando los planos, ignorándolo.

Bobby esperó en silencio. Sin duda, Caine pensaba que iba a hacerlo sudar y Bobby no quería decepcionarlo. Así funcionaban las negociaciones. Uno renunciaba a las cosas pequeñas y luchaba con uñas y dientes por lo importante.

Él iba a luchar por Stella. Con uñas y dientes.

Por eso, fingió sentirse incómodo y miserable mientras Caine lo ignoraba, rezando mientras tanto por que Mickey le estuviera advirtiendo a Stella.

David Caine parecía más pequeño de lo que Bobby recordaba. Quizá, fuera el entorno. El viejo había tenido un aspecto imponente en su lujoso despacho, sentado detrás de un enorme escritorio de caoba. En el oscuro y abarrotado interior de un tráiler de obra, parecía débil y cansado.

Caine colocó un dedo sobre uno de los planos, como si quisiera continuar revisándolo después y habló sin levantar la mirada.

—¿Dónde está mi hija?

—En mi casa.

Caine respiró hondo, delatando su impaciencia. Pero no miró a Bobby.

—¿Y por qué está mi hija en tu casa?

No era asunto suyo, quiso decirle Bobby.

—Es mi invitada. Iba a quedarse hasta el Día de Acción de Gracias, pero decidió acompañarlo a usted a un desfile benéfico.

—Unos planos impresionantes —comentó el viejo, señalando los diseños que había estado observando.

—Gracias.

Más silencio.

—Quiero vivir en el complejo para asegurarme de que todo vaya bien y los huéspedes se sientan satisfechos todo el tiempo —comentó Bobby, ofreciendo ese pequeño fragmento de información innecesaria, solo para romper el incómodo silencio.

—Entiendo.

Caine tenía la atención puesta en los planos.

—También me he fijado en que has cambiado una de estas habitaciones para convertirla en cuarto infantil.

Demasiado tarde, Bobby se dio cuenta de lo que Caine tenía en la mano, el plano donde había pegado una nota diciendo «Cuarto del bebé».

—Sí.

—No sabía que fueras a ser padre.

Quizá, Mickey no le había contado nada a Caine. Eso no significaba que no lo hubiera adivinado. Un hombre no llegaba a la cima como Caine sin ser más listo de lo habitual.

–Así es.

–No me dijiste que estuvieras casado cuando negociamos las cláusulas morales del contrato.

Bobby tragó saliva.

–No lo estoy.

Caine arqueó una ceja.

–¿Y quién es la madre del bebé?

Si Caine pensaba que Bobby iba a delatar a Stella en ese punto de las negociaciones, se equivocaba de cabo a rabo.

–Alguien que me importa mucho.

Al fin, Caine decidió dedicarle el honor de mirarlo. Cuando levantó la vista, a Bobby no le gustó el brillo de victoria que vio en sus ojos.

–Estoy seguro de que mis abogados tendrán algo que decir respecto a eso.

Bobby se mantuvo firme. No iba a dejar que ese hombre lo intimidara.

–Seguro que sí.

En ese mismo momento, el teléfono de Bobby sonó. Era Stella.

Sin duda, Mickey la había llamado, como había prometido. Y Stella había entrado en pánico.

Caine hizo un gesto de mano, supuestamente, para darle permiso para responder.

Sacó el teléfono y respondió.

–Hola.

–¿Está ahí? –preguntó ella. Sonaba histérica.

Su miedo atravesó a Bobby como una flecha.

–Sí.

–¿Qué quiere?

–No estoy seguro. Escucha –dijo Bobby, intentando sonar todo lo calmado que pudo–. Estoy en medio de una reunión. Te llamaré cuando me quede libre.

–Oh, cielos –dijo ella, rompiendo a llorar. Colgó.

Bobby se quedó mirando la imagen de Stella que había cargado en su teléfono junto a su contacto. Era la foto que les habían hecho a la salida de la fiesta, con un primer plano de su cara. Su sonrisa iluminaba la habitación.

En ese momento, Bobby odiaba a David Caine. Fue un sentimiento tan fuerte que le hizo dar un paso atrás. Él no solía odiar a nadie. Al contrario, amaba a la gente. Todo el mundo tenía algo bueno que ofrecer o, al menos, todos tenían algo por lo que merecía la pena llevarse bien con ellos.

Eso era lo que él pensaba en el pasado.

Era lo que había pensado respecto a David Caine. El viejo le había ofrecido un medio para lograr su objetivo, el *reality show,* el complejo residencial. Quería que sus hermanos y su padre lo respetaran, que la gente lo viera como un hombre de negocios serio. Por eso, había firmado las cláusulas morales. Eran un anuncio oficial de respetabilidad. Por eso, había hecho negocios con David Caine.

Sin embargo, en el presente, estaba legalmente atado a un hombre que trataba a su familia como si fuera un pañuelo desechable. Un hombre cuya mera presencia sumía a Stella en un estado de pánico. Mandaba sobre su hija a través del miedo, no del amor. Ni del respeto.

Por otra parte, el acuerdo que habían firmado... Bobby no estaba preparado para despedirse para siempre de su sueño diciéndole a Caine dónde podía meterse sus cláusulas morales. El complejo era su único futuro.

Hasta que había llegado Stella. Ella y el bebé eran su futuro en el presente.

Cielos, Bobby no sabía qué hacer.

—Quiero ver a mi hija ahora —señaló Caine, en un tono de voz que dejaba claro que no era discutible.

Bobby no pudo hacer más que asentir. Cuanto antes terminaran con todo, mucho mejor. Al menos, eso se dijo para consolarse.

Cuando abrió la puerta del tráiler, Bobby vio que Mickey se había retirado al coche. Él lo maldijo en silencio, aunque el pelirrojo tuvo la decencia de, al menos, mostrarse avergonzado.

Bobby esperó a Caine.

—¿Me siguen hasta mi casa? —propuso Bobby, lanzándole a Mickey puñales con la mirada.

—Sí —contestó Caine, también mirando a Mickey mientras el hombrecillo le abría la puerta del coche.

—La he llamado —susurró Mickey, al pasar por delante de Bobby para sentarse en el asiento del conductor.

—Lo sé.

—Lo siento mucho, tío.

—Demuéstralo.

Entonces, Mickey se metió en el coche. Bobby tuvo que hacer un esfuerzo para no salir corriendo a su propio vehículo. No sabía si Caine lo seguiría o si le ordenaría a Mickey que fueran directamente. Tenía que hacer lo que fuera para llegar antes que ellos a su casa.

Mientras caminaba, marcó el número de Stella. Se

metió en el coche y conectó el teléfono a los altavoces.

Ella respondió enseguida.

—Stella, soy yo. Estoy en el coche y tu padre va a seguirme hasta mi casa.

—Sí. Me imaginaba algo así.

—¿Estás bien, pequeña? —preguntó preocupado.

—Claro.

Bobby dobló una esquina demasiado rápido y las ruedas chirriaron. El coche negro de Mickey, sin embargo, le pisaba los talones.

—¿Qué quieres hacer? ¿Cómo quieres que manejemos la situación? Tu padre ha visto los planos de mi ático, donde añadí una habitación para el bebé. Sabe que te estás quedando en mi casa.

—¿Has añadido una habitación para el bebé?

—Sí. Iba a añadir una habitación para ti también. Quizá, incluso, un espacio para tu tienda. No tenemos mucho tiempo, Stella. Llegaremos dentro de quince minutos. ¿Qué vamos a decirle a tu padre?

—No lo sé, Bobby.

—De acuerdo. No te preocupes, cariño. Llegaré dentro de unos minutos. Decidas lo que decidas, yo te apoyaré, ¿está bien? Si quieres decírselo o no, tú eliges. No voy a tomar decisiones por ti.

—De acuerdo.

—Stella, yo…

Bobby iba a decirle que la amaba, pero se contuvo por lo inesperado de ese pensamiento.

—Llegaré enseguida, cariño.

Capítulo Trece

Stella hizo la maleta. Tenía unos minutos antes de que se rompiera la tranquilidad de la casa. Le gustaría zanjar el asunto con el menor dramatismo posible.

Su padre sabía dónde estaba y sabía que había estado conviviendo con un hombre. Eso, por sí solo, bastaba para romper el acuerdo de negocios que tenía con Bobby. A ella no le permitirían quedarse, menos, cuando descubriera que estaba embarazada.

Bobby había reservado un cuarto para su bebé. Quizá, lo había entendido mal, se dijo Stella. Estaba agotada y nerviosa. Él nunca le había hablado demasiado sobre qué harían cuando ella se hubiera ido.

Su lugar estaba junto a su padre. El dinero de David Caine pagaba las facturas de su casa y de su material de trabajo. El único dinero propio que ella tenía eran los pequeños ahorros que había logrado trabajando como modelo.

Por eso, hizo la maleta. Metió dentro el vestido de encaje que había elegido para encontrarse con Bobby. Metió el camisón y el vestido que casi había terminado de coser para llevar al desfile benéfico. También, sus zapatos y su neceser.

Empacó también su sueño de tener una familia feliz.

A punto de llorar, intentó calmarse. Su padre no

157

podía quitarle a su bebé, ni enviarla a un frío hogar para madres solteras. Ella era una mujer adulta, no una niña asustada.

Además, estaba Bobby. La prueba de su paternidad sería definitiva dentro de pocos días. Él parecía dispuesto a honrar su responsabilidad. Aunque su padre dejara de pasarle dinero, Bobby mantendría a su bebé. No iba a quedarse en la calle sin esperanzas y sin futuro.

Pero no sabía dónde iba a terminar.

Colocó la tela y el hilo que no había usado en una bolsa y lo puso todo encima de la máquina de coser de Gina y Patrice. Bobby se la devolvería a las chicas.

A continuación, trató de arreglarse un poco. Su padre odiaba su forma de vestir y sus peinados. Pero a ella no le importaba. Se peinó un poco y se retocó el maquillaje lo mejor que pudo. No encontró la manera de disimular sus ojeras. Sabía que no debía haber llorado, pero últimamente no era muy capaz de mantener a raya sus emociones.

Al final, estuvo todo lo preparada que era posible. Dispuso sus cosas ordenadamente junto a la puerta. Se quedó en medio del salón, respirando hondo para calmarse.

Menos de dos minutos después, Bobby irrumpió en la cama. Ella no dijo nada. Solo quería mirarlo, guardar para siempre el recuerdo de su cara, de su cuerpo, de todo lo que tenía que ver con él. Necesitaba guardar en su memoria como un tesoro la forma en que él le hacía sentir.

Bobby la miró, luego posó los ojos en las maletas que había junto a la puerta y en ella de nuevo.

–¿Vas a irte?

La forma en que lo dijo fue para Stella peor que una bofetada… como si lo estuviera traicionando.

Ella abrió la boca, pero no consiguió articular palabra. Al instante, él se acercó, la sujetó de los brazos y la besó con pasión. Era como si su cuerpo le estuviera diciendo lo que no expresaba con palabras. «Quédate. No te vayas».

«Dilo», pensó ella, entre sus brazos. «Dilo en voz alta. Dame una razón para quedarme».

Sin embargo, Bobby no lo hizo.

–Si quieres quedarte, lucharé por ti –afirmó él con un ferviente brillo en los ojos.

Stella quería sumergirse en sus palabras. Quería estar con él, formar una familia con él y el bebé.

Pero necesitaba que él también lo deseara. No quería que se atara a ella por obligación. Y, en todo lo relacionado con David Caine, la obligación era ley. Además, Bobby no le había dicho que quería que se quedara.

Desde el pasillo, provino la voz inconfundible de su padre regañando a Mickey. Bobby se giró hacia la puerta. Pero no la soltó ni por un momento. Entrelazó sus dedos con los de ella. A pesar de que se había propuesto mantenerse distante, ella no pudo evitar darle un pequeño apretón.

Mickey y David Caine entraron por la puerta. Su padre había envejecido mucho desde la última vez que lo había visto. Tenía menos pelo y las arrugas de su rostro eran más profundas.

Lo seguía Mickey, que tenía el aspecto de un perro que hubiera sido golpeado con un periódico.

Cuando la había llamado para avisarle, había sonado como si estuviera a punto de llorar. Solo había podido contarle que su padre había volado hasta allí en su avión privado y que no le había revelado que estaba embarazada.

Mickey la miró a los ojos y apartó la vista. De hecho, tenía pinta de haber llorado. Stella lo entendía bien. Mickey quería protegerla, pero nadie se oponía a David Caine.

Ella incluida.

—Hola, papá.

Por suerte, Stella logró sonar calmada y desapegada. Eso ya fue una victoria.

—Cuando te pregunté dónde estabas, nunca imaginé que estarías aquí.

Como siempre, no dijo hola, ni le preguntó cómo estaba, ni comentó todo el tiempo que había pasado desde la última vez que se habían visto.

Y, de inmediato, Stella se sintió pequeña de nuevo, una niña que sabía, en el fondo, que no era más que una molestia para su padre.

—Mickey estaba conmigo —señaló ella, aunque sabía de antemano que eso no arreglaría nada.

—Sí. Lo sé.

Su padre lanzó una mirada de desaprobación a la habitación, antes de posar los ojos en Bobby y su mano entrelazada con la de Stella. Durante unos segundos, el silencio y la tensión se apoderaron del espacio. Stella sintió que debía decir algo, pero no tenía ni idea de qué. Sin embargo, Bobby le dio un apretón en la mano para darle ánimos y eso la ayudó a mantener la boca cerrada.

–¿Por qué estás aquí? –preguntó su padre, al fin.

–He venido para pasar el Día de Acción de Gracias.

Era más o menos cierto. Para cuando lograran cuadrarlo todo con los médicos y los abogados, esa fecha llegaría.

–No sabía que os conocíais.

–Bueno –dijo ella, antes de poder pensar lo que iba a decir–. No sé cómo podías haberlo sabido. No te veo desde hace dos años. Es difícil estar al día de esa manera.

La mirada furiosa de su padre cortó el aire como un cuchillo. En vez de acobardarse, como en otras ocasiones, Stella se sintió liberada. No quería que su bebé viviera a la sombra del miedo de ese hombre, igual que le había sucedido a ella. No había mejor momento que el presente para empezar a dar buen ejemplo. No iba a dejar que su padre siguiera asustándola.

Más o menos, lo consiguió, pero solo hasta que David Caine le dedicó esa mirada que la convertía de inmediato en una niña de cuatro años.

–Solo te lo voy a preguntar una vez más, Stella. ¿Por qué estás aquí?

Ella quiso mentir, quiso decir algo que la salvara de esa situación. Deseó poder retroceder en el tiempo a esa mañana, cuando Bobby la había despertado con cientos de besos.

Sin embargo, no existía una mentira lo bastante grande como para hacer ese milagro. Respiró hondo y, apretando la mano de Bobby, saltó al vacío.

–Estoy embarazada. Bobby es el padre.

Detrás de su padre, Mickey se llevó las manos a la cabeza.

Su padre se mostró conmocionado. Pero no duró mucho. Su rostro, enseguida, se envolvió en una máscara de ira tan pura que Stella dudó que sobrevivieran.

–¿Tienes idea de en qué lugar me deja eso? –le espetó David Caine, rojo de furia–. ¿Después de todo el dinero que he dado para apoyar el matrimonio tradicional? ¿Sabes lo que van a decir los periódicos? Me crucificarán. ¡La hija de David Caine embarazada y soltera!

–Sí –repuso Stella, sin pensar–. Se trata solo de tu reputación, ¿verdad? No te preocupes por mí. Solo estoy embarazada.

Bobby no dijo nada. ¿Qué podía decir? Pero le soltó la mano y la rodeó de la cintura, apretándola a su lado. Seguían juntos en eso, encarándose a David Caine codo con codo. Stella nunca se había sentido tan apoyada en su vida.

–No te atrevas a hablarme con ese tono, jovencita –advirtió Caine, mirándolos con rabia–. ¿Cuándo vais a casaros?

–No nos vamos a casar.

La repentina intervención de Bobby en la conversación sobresaltó a Stella.

–No seas idiota. Os casareis de inmediato. Si no…

–Stella no quiere casarse –dijo Bobby con voz alta y clara, interrumpiendo a Caine en mitad de la frase–. Así que no nos casaremos.

Stella lo miró embelesada. Nunca nadie se atrevía a interrumpir a su padre.

Caine esbozó una mirada asesina.

—¿Es así?

—Así es.

Bobby le dio un pequeño apretón a su compañera. A ella le encantó.

Sin duda, su padre le haría pagar por eso.

—¿Te has aprovechado de ella? Mi hija nunca haría algo tan estúpido como acostarse con alguien como tú —rugió Caine—. Debería hacer que te arrestaran.

—Yo lo elegí, papá. No se aprovechó de mí. En todo caso, fue al revés.

Sus palabras no sirvieron, por supuesto, para calmar a su padre. Estaba en el punto álgido de su furia y nada lo dejaría satisfecho hasta que no hiciera pagar a alguien por la situación.

—Esto va a ser mi perdición. ¿Es eso lo que quieres?

—No, yo quiero…

Pero David Caine no escuchó. Nunca escuchaba. En vez de eso, se volvió hacia Bobby.

—Escúchame, pequeño listillo. Vas a casarte con mi hija, si no quieres que te destruya. Cancelaré tu programa, retiraré mis fondos para tu construcción y diré a los cuatro vientos que eres un inútil negligente. No solo perderás tu proyecto urbanístico, sino que no pararé hasta hundir vuestra estúpida fábrica de motos —gritó Caine—. ¡Ningún maldito desarrapado se ríe de David Caine!

Entonces, el silencio cayó sobre la habitación. Caine pareció encogerse, como si el esfuerzo de su explosión de furia lo hubiera dejado exhausto.

Stella sabía que su padre haría lo que había prometido. Haría pedazos todos los proyectos y los sueños de Bobby. Lo haría para darle una lección. El viejo quería demostrar que él siempre ganaba.

Justo en ese momento, Stella estuvo a punto de pedirle a Bobby que se casara con ella. Si eso era lo que había que hacer para que su padre no arruinara al hombre que amaba, entonces debía hacerlo. No podría soportar ver cómo su padre destruía al único hombre que casi había llegado a amarla.

Pero, cuando iba a abrir la boca, Bobby se le adelantó.

–Ten cuidado con lo que dices delante de ella.

Sonó como un rugido, como si estuviera preparado para lanzarse sobre David Caine en una lucha a muerte.

–No dejaré que nadie, ni siquiera tú, le hable de esa manera. No me importa lo que digas. Es una mujer adulta y tiene derecho a tomar sus propias decisiones. No vamos a casarnos, y punto.

Su padre se puso rojo de rabia, pero Bobby no había terminado aún. Stella lo contemplaba embobada.

–No eres bienvenido aquí. Si te veo de nuevo en Dakota del Sur, pediré una orden de alejamiento. Ahora, fuera.

¿Acababa de echar a su padre? Al parecer, sí.

El conmocionado silencio que se cernió sobre ellos lo confirmaba.

Sin embargo, Bobby no la soltó. Todavía la rodeaba de la cintura. Era como si no quisiera soltarla nunca.

Y David Caine también se fijó en eso.

–Stella –dijo el viejo, escupiendo su nombre como si fuera una amarga píldora difícil de tragar.

164

–Tú puedes quedarte –señaló Bobby. Tragó saliva y la apretó con más fuerza–. Si quieres.

No le había pedido que se quedara, que no se fuera.

Solo le había dicho que podía hacerlo, si quería, caviló Stella, prometiéndose a sí misma que no iba a llorar.

Despacio, posó la mano en la mejilla de su amante.

–Tendrás noticias de mi abogado –indicó ella en voz demasiado baja–. Sobre la pensión de alimentos y el régimen de visitas, como acordamos.

–Stella… –comenzó a decir Bobby, pero se detuvo cuando ella le dio la espalda.

Stella miró a su padre, que parecía a punto de estallar.

–Lo único que te pido es que no lo destruyas por mi culpa.

No recibió ninguna promesa, como había imaginado. Ella no esperaba promesas.

–Mis cosas –señaló Stella, haciéndole un gesto al pobre Mickey–. Si no te importa.

Entonces, con la cabeza tan alta como pudo, pasó por delante de su padre y salió por la puerta.

Se alejó de Bobby.

Sin llorar.

Capítulo Catorce

Antes de que pudiera darse cuenta de lo que había pasado, Bobby se encontró solo en su casa.

Solo eran las dos de la tarde. Debería volver a la obra, fingir que nada de eso había pasado. Los contratistas y los obreros dependían de sus sueldos para pasar el invierno. Algunos habían dejado sus trabajos para dedicarse a la construcción del complejo. Si Caine se salía del trato, y era lo más probable, todos se quedarían en la calle.

¿Y sus hermanos, Ben y Billy? Perderían grandes sumas de dinero.

Mucha gente dependía de él. Todos le habían dado su confianza, habían creído que realmente podía sacar adelante ese complejo.

Y Stella… ella también le había dado su confianza. No había tenido la obligación de ir hasta allí para decirle que estaba embarazada. Pero lo había hecho de todos modos.

Sin pensarlo, Bobby condujo a casa de su hermano Ben. Cuando fue consciente de ello, estaba sentado ante la mesa del comedor, con la cabeza entre las manos.

—¿Bobby?

Al oír el sonido de su nombre, levantó la vista y se encontró con la mujer de Billy, Jenny Bolton.

–¿Qué pasa?

–¿Bobby está aquí? –preguntó Josey, saliendo de la cocina con la pequeña Callie en brazos–. ¡Estás aquí! –exclamó y, al verlo, soltó un grito sofocado–. ¿Qué pasa? ¿Stella y el bebé están bien?

–¿Qué bebé? –preguntó Jenny.

No había forma de zafarse de la situación, pensó Bobby. Era mejor contárselo primero a Josey y a Jenny. Tal vez, si no lo odiaban demasiado, le ayudarían a suavizar la reacción de sus hermanos.

–Stella y el bebé están bien. Pero ella se ha ido.

–¿Qué bebé? –repitió Jenny con más insistencia.

–¿Cómo que ella se ha ido? –dijo Josey, sentándose a la mesa–. No lo entiendo.

–Yo tampoco lo entiendo.

–Es mejor que alguien me cuente qué está pasando –pidió Jenny, tamborileando los dedos sobre la mesa . Ahora.

Bobby respiró hondo, pero eso no bastó para aclararse la mente. Quizá, Jenny lo entendería. Ella llevaba un grupo de apoyo para adolescentes embarazadas. Aunque ni Stella ni él eran adolescentes, Jenny igual veía las cosas con más perspectiva. O eso o querría matarlo. Esa también era una opción.

–He dejado embarazada a una chica. A una mujer, en realidad. Vino a contármelo y la convencí de que se quedara conmigo mientras pensábamos qué hacer. Entonces, su padre se presentó.

Josey abrió los ojos de par en par.

–¿David Caine… ha venido aquí?

–Un momento –dijo Jenny impaciente–. ¿El mismo David Caine que produce vuestro *reality show*?

–Sí –contestó él.

Josey se llevó la mano a la boca.

–¿Cómo se ha enterado?

–Es difícil de explicar.

–Inténtalo –le retó Jenny, cada vez más malhumorada.

–Su amigo de la infancia, Mickey, es el guardaespaldas y padre adoptivo de Stella. Él le contó a David dónde estaba Stella. Y David vino a recogerla.

Bobby miró a Josey, buscando algo de consuelo. Pero se topó con sus ojos horrorizados.

–¿Qué pasará con el programa? ¿Y con la construcción?

Lo único que pudo hacer Bobby fue encogerse de hombros.

–No lo sé.

Jenny arqueó una ceja con desaprobación.

–De acuerdo. Explícate. Cuéntalo todo, desde el principio.

Bobby se lo contó. Empezó por la noche en que había conocido a Stella en la fiesta y no paró hasta que llegó a la parte en que Stella se había marchado. No omitió ningún detalle, incluyendo que le había reservado una habitación al bebé y no le había hablado a Stella de ello. Tampoco se calló la parte en que David Caine había prometido hundirlo.

Cuando hubo terminado, Josey y Jenny se quedaron calladas, mirándolo. Callie se había quedado dormida en brazos de su madre, que se levantó para llevarla a la cama.

Jenny y Bobby no intercambiaron palabra mientras Josey volvía. Él no sabía si eso era buena o mala señal. Jenny no era la clase de mujer que se callaba lo que pensaba. Su silencio no le daba buena espina.

Cuando Josey regresó, se sentó junto a Jenny, al otro lado de la mesa, frente a Bobby, igual que dos jueces. Él esperó su veredicto.

—¿Y bien? —preguntó Bobby, tras aclararse la garganta.

—La has fastidiado bien —dijo Jenny.

—Eso ya lo sé.

—Tengo una pregunta —dijo Josey, la más práctica del grupo, esbozando un atisbo de sonrisa—. ¿Qué quieres tú?

—Ya no se trata de qué quiero yo —contestó él, recordando las palabras de Stella.

Jenny y Josey intercambiaron una mirada que Bobby reconoció al momento. Era la misma que compartían cada vez que uno de los Bolton hacía algo estúpido.

—¿Qué?

—¿Por qué los guapos siempre son los más idiotas? —comentó Jenny.

—Bobby, piénsalo —insistió Josey, hablándole con el mismo tono de voz que emplearía con un niño de cinco años—. Todo ha girado siempre alrededor de lo que tú querías, desde el primer momento en que ella vino a contarte que estaba embarazada. Lo único que Stella te ha pedido es que seas honesto respecto a lo que tú quieres.

Jenny no fue tan comprensiva.

—¿Dijiste que ella quería una familia?

—Sí.

Josey asintió.

169

–A mí me dijo que no quería casarse a menos que tú quisieras hacerlo.

–¿Y? –preguntó él, sin comprender.

–Cielos, hay que ver que dura tienes la cabeza –murmuró Jenny.

–¿No tienes que ir a buscar a tu hijo al colegio o algo así? –replicó él.

Jenny le lanzó una mirada de odio.

–Me he tomado el día libre. Tengo una cita –explicó ella y su mirada se suavizó–. Estoy embarazada de tres meses.

Genial. Justo cuando las cosas no podían ponerse peor. Billy iba a ser padre, un buen padre. Bobby no tenía la menor duda de que su hermano acudiría a todas las citas con el médico, vería todas las ecografías, estaría presente en el parto.

Todas las cosas que él nunca podría hacer.

–Bobby, ¿cómo se lo has pedido? –quiso saber Josey, sin perder la paciencia.

–¿Qué quieres decir?

Jenny miró al techo con frustración.

–¿Te pusiste de rodillas y le dijiste que no podías vivir sin ella? ¿Le dijiste que la amabas más que al sol, la luna y las estrellas? ¿Le recitaste un poema?

Bobby lo pensó. Le había dicho a Stella que tenían que casarse. Y, cuando ella se había negado, le había dicho que, si cambiaba de idea, su oferta seguía en pie.

–No...

–Por todos los santos –rezongó Jenny.

Bobby miró de reojo a Josey, que asentía, de acuerdo con su prima.

–Apostaría lo que fuera a que ella cree que solo se lo has propuesto porque quieres salvar tu negocio, no porque la quieras a ella.

Si las dos tenían razón… Bobby escondió la cabeza entre las manos. Todo el tiempo había estado pensando en la habitación del bebé, en darle un espacio para hacer su tienda, en lo mucho que quería que Stella se quedara. Había estado pensando, pero no lo había puesto en palabras. No había hablado con Stella. Había estado tan centrado en preguntarle qué quería ella, que no le había contado lo que él quería.

–Creo que ahora lo ha entendido –comentó Jenny, mirándolo con compasión.

Bobby se había quedado sin nada. No tenía a Stella, ni…

–Si pierdo el complejo, mis hermanos me matarán. Han invertido mucho dinero. Perderán millones.

–Cielos –protestó Jenny–. Seguro que Billy también ha tomado alguna mala decisión de negocios alguna vez en su vida. Como cuando le pagó a una antigua novia para comprar su silencio.

–Y Ben tampoco dudaría en dejar que su empresa se hiciera pedazos si entrara en conflicto con algo que quisiera. Como la vez que dimitió porque cierto hermano suyo canceló un pedido de material.

Las dos mujeres se miraron y sonrieron.

Bobby se frotó la mandíbula, en el lugar en que Ben le había roto de un puñetazo por cancelar su pedido.

–Sí, supongo que sí –dijo él. Sin embargo, estaba seguro de que Billy le daría una patada en el trasero. Quién sabía cuántos huesos le romperían en esa ocasión.

—Eres un tipo muy creativo. Aunque Caine le hable de ti a la prensa, ¿a quién le importa? —señaló Jenny—. Levantarás cabeza como siempre haces, sabrás usarlo en tu beneficio. ¿Qué problema hay?

¿De veras estaban menospreciando las amenazas de David Caine?, se dijo Bobby, impresionado.

—Pero el dinero…

Jenny se encogió de hombros, como si un par de millones no significaran nada.

—Para que te enteres de una vez, el dinero no compra la felicidad. Ese David Caine es uno de los hombres más ricos del planeta, ¿verdad?

—Sí…

—¿Es un hombre feliz? ¿Es feliz su hija? Parece que no. Eso es algo que nunca he comprendido de ti, Bobby —continuó Jenny, meneando la cabeza—. Eres un tipo rico, mucho más que la media de los mortales, pero no es suficiente para ti. ¿Qué quieres comprar con todo ese dinero?

—Respeto.

Al decirlo en voz alta, a Bobby le resultó una tontería.

—¿El respeto de quién? —quiso saber Jenny—. No el mío. Yo respeto a la gente por sus acciones.

—Ni el mío —añadió Josey—. Ni el de Stella. Así que, si lo haces para lograr el respeto de David Caine, tienes que decidir si merece la pena.

¿El respeto de quién?, caviló Bobby. Siempre se había dicho que todos sus esfuerzos eran para demostrar a sus hermanos que era un hombre válido y capaz. El complejo residencial sería su mayor logro. Algo que había conseguido desde cero. Solo.

Aunque había sido una mentira desde el principio. Él nunca habría podido hacerlo solo. Había necesitado que su familia aceptara participar en el *reality show* y que invirtiera dinero. El complejo había sido idea suya, pero el mérito no era solo suyo. Y, cuando David Caine terminara con él, nunca lo sería. Se mirara como se mirara, había fracasado.

Pero estaba Stella. Y el bebé.

Durante unas pocas semanas de felicidad, Stella había hecho algo con él que había sido solo suyo.

–Te perdonarán –aseguró Josey, rompiendo el silencio.

Jenny dio un respingo.

–Algún día.

–Jenny –la reprendió Josey–. Te perdonarán tus hermanos, Bobby. Sé que lo harán. ¿Pero podrás perdonarte a ti mismo?

Sus palabras le llegaron al alma.

–Tengo que ir a buscar a mis chicos –dijo Jenny–. Buena suerte, Bobby.

Bobby se había quedado sin palabras. Jenny se marchó y Josey también se levantó, dejándolo solo en la mesa, mirando al vacío como un tonto.

Tenía algo que había hecho por sí solo, algo que solo le pertenecía a él. Tenía una relación con Stella. Nadie podía quitarle eso, ni Caine, ni Mickey, ni sus hermanos.

No iba a dejar que Caine ganara.

Era hora de hacer su jugada.

Tenía que ir a buscar a Stella.

Capítulo Quince

La gala benéfica de la moda estaba repleta de gente y exhibía un gran despliegue de seguridad. Vestido con su esmoquin, Bobby intentó colarse por la entrada detrás de una famosa actriz con un escotado atuendo, pero el guardaespaldas de la puerta lo detuvo a medio camino.

–¿Nombre?

Al menos, Bobby estaba preparado. Se había colado en unas cuantas fiestas en sus años jóvenes y sabía cómo funcionaba.

–Midas –respondió él, dándole al guarda un apretón de manos acompañado de un billete de cien.

–¿Nombre? –repitió el guarda.

–Vamos, tío –repuso Bobby, sin renunciar a su espléndida sonrisa.

–Sin nombre, no hay entrada.

El guardaespaldas se hizo a un lado para dejar pasar a una estrella de televisión vestida con un horrible traje de plumas. Acto seguido, bloqueó la entrada de nuevo y le devolvió a Bobby su dinero.

–Perdona las molestias –dijo Bobby.

–Claro.

El tipo se dirigió a su próxima víctima, mientras Bobby reculaba hasta la calzada, con cuidado de evitar las cámaras que tomaban fotos de las celebridades.

No había visto a Stella ni a Caine todavía, pero no estaba preocupado. Había más de una manera de colarse en una fiesta.

Tuvo que caminar un poco, pero pronto dio la vuelta a la manzana y llegó a la parte trasera del edificio. Allí, los camareros con pajarita y camisas blancas estaban descargando furgonetas con la comida. Bobby se quitó la chaqueta, esperó una oportunidad y tomó una bandeja.

Nadie lo miró dos veces, mientras seguía a un camarero hasta la cocina y a la sala de recepción. Mantuvo los ojos despiertos para buscar a cualquiera de los dos Caine, pero estaba todo demasiado abarrotado de vestidos ostentosos y era difícil ver a través de la multitud. Nadie llevaba encaje.

Al fin, Bobby divisó a David Caine, uniformado con un esmoquin de corte exquisito. Parecía bastante agobiado, mientras otros dos hombres que parecían pareja se esforzaban por conversar con él. Para estar en una gala benéfica, tenía aspecto de no encontrarse en absoluto a gusto con sus congéneres humanos.

Bobby deseó disfrutar de ver a Caine sufrir en la presencia de una pareja no tradicional. Pero tenía cosas mejores que hacer. Siguió buscando a Stella, pero no había ni rastro de ella. ¿Dónde estaba?

Por primera vez, a Bobby se le ocurrió que Stella igual no había asistido a la gala.

Eso suponía un gran obstáculo para sus planes. Exponer en público su amor por Stella ante testigos era bastante estúpido, si ella no estaba presente. Por un momento, pensó en cambiar el plan, pero pronto se reafirmó en su idea original. Tenía cosas que decirle a Caine y quería tener testigos, incluso si Stella no estaba entre ellos.

Haciéndose a un lado, Bobby se deshizo de la bandeja y de la pajarita. Estaba en un desfile de moda. Si no llevaba el esmoquin completo, con chaqueta incluida, al menos, debía tener un poco de estilo. Así que se desabrochó los tres primeros botones de la camisa. Era lo único que podía hacer para diferenciarse un poco de resto.

Un tercer hombre se había unido a la pareja homosexual. Caine parecía estar sufriendo de veras. Bobby respiró hondo. No pasaba nada. Solo iba a montar una escena tremenda. Agarró una copa de champán y se dirigió a su objetivo.

–Y Joel dijo…

Sintiéndolo mucho, Bobby tenía que interrumpir.

–Disculpen, caballeros.

Los cuatro hombres clavaron su atención en Bobby. Un torbellino de adrenalina lo invadió.

–¡Tú! ¿Qué estás haciendo aquí? –preguntó Caine con aspecto alarmado. Miró a su alrededor, como si quisiera llamar a un guarda de seguridad.

–Señor Caine, he venido para decirle que rechazo su última oferta.

–¿Qué?

Bobby ladeó el cuello a un lado, haciéndolo crujir, y luego al otro lado. Sus articulaciones resonaron. Los tres hombres que habían estado hablando con Caine dieron un paso atrás. Los viejos gestos de los Bolton siempre causaban efecto.

–Voy a casarme con su hija, señor Caine. No porque usted quiera, no porque tema que la gente sepa que la he dejado embarazada y no porque vaya usted a cancelar mi programa si no lo hago. Voy a casarme con su hija porque la quiero.

—Yo… yo… —balbució Caine—. No sé de qué estás hablando.

Bobby sonrió al ver que el viejo perdía su legendaria solidez.

—Claro que sí. ¿Recuerda que dejé embarazada a su hija Stella? Se acuerda usted de que tiene una hija, ¿verdad? ¿O la apartó de su lado en el momento en que salió de mi casa, como hace siempre?

—Voy a destruirte —rugió Caine, recuperándose de la conmoción inicial.

La gente estaba empezando a mirarlos. Bobby estaba dispuesto a darlo todo.

—¿Igual que destruye a su hija? No lo entiendo, Caine. Siento que su mujer muriera, de verdad, ¿pero por qué odia tanto a su hija? ¿Qué ha hecho ella para merecerlo?

Caine se había puesto rojo como un tomate. Sin darse cuenta, había bajado el brazo, derramando todo el champán de su copa.

—No la odio. Solo me decepciona su forma de actuar. Como el que te eligiera a ti, por ejemplo.

Los tres hombres se quedaron con la boca abierta. La gente comenzaba a acercarse para oír mejor. El nombre de Caine empezaba a ser cuchicheado por toda la sala.

Bobby levantó un poco más la voz.

—Trata a su única hija como si deseara verla enterrada con su esposa.

Caine se puso morado.

–¿Te atreves a hablarme así?

–Claro que me atrevo. No manda usted sobre mí. Ni sobre Stella. Voy a hacer todo lo que pueda para que nunca vea a su nieto.

–No tendrás ni un solo céntimo cuando acabe contigo.

–Tengo algo mejor que el dinero, Caine, algo que usted nunca tendrá. Tengo una familia.

Acto seguido, Bobby se dio media vuelta y se fue.

Al menos, quince cámaras lo siguieron.

¿Caine había prometido destruirlo?

A partir de ese momento, la destrucción sería juego de dos.

Stella miró su vestido. No sabía por qué, pero no dejaba de encontrarle pegas. Pronto, su figura cambiaría y no podría llevarlo. La gala era su única oportunidad de lucirlo.

Quizá, obsesionarse con el vestido era su manera de evadirse de la realidad. Pero no podía hacer otra cosa.

–¿Quizá le sobran las rosas? –le preguntó a Mickey.

–No sabría decirte, niña –contestó Mickey, que estaba viendo un partido de fútbol en la televisión mientras se tomaba una taza de té.

Stella suspiró. Si Bobby estuviera allí, se levantaría, caminaría alrededor del vestido, sopesaría su pregunta y le respondería que sí, que tal vez fueran las rosas.

Encogiéndose de dolor, se recordó que Bobby no estaba allí.

Ella no había dejado de darle vueltas al vestido desde que había regresado de Dakota del Sur. No le gustaba el encaje, le parecía que seguía un patrón muy desabrido. Había planeado llevar debajo solo unas braguitas y sujetador, para que a su padre le diera un ataque al corazón, pero el encaje no cubría lo bastante. Había probado a ponerse un corsé, pero no le había gustado. Luego, había cosido un forro, que había terminado arrancando.

En ese momento, estaba obsesionada con las rosas. El vestido llegaba hasta el suelo y tenía manga larga. Así estaría completamente cubierta, como había exigido su padre. Había añadido rosas de satén al cuello y al hombro.

Quizá, ese era el problema. Demasiadas rosas le daban un aspecto recargado. Las había cosido y descosido varias veces, una por una.

¿Qué otra cosa podía hacer? Al menos, el vestido tenía que ser una obra de arte.

Cuando estaba probando una nueva manera de colocar los adornos, alguien llamó a la puerta. Fue una llamada insistente y fuerte.

Mickey miró a Stella.

–¿Esperas a alguien, niña?

–No –contestó ella con un nudo en el estómago. ¿Y si su padre había ido a buscarla? Igual quería arreglar las cosas. Había pocas probabilidades, pero… –. ¿Y tú?

–No –repuso Mickey, se levantó de la silla y tomó la pistola del bolsillo de su abrigo–. Quítate de en medio, por si acaso.

Stella retrocedió por el pasillo, hasta el baño. Si

sacaba la cabeza, podía ver con claridad la puerta principal.

Oyó la puerta abrirse y una voz masculina.

—Tengo que verla.

—No creo que sea buena idea, amigo —repuso Mickey.

Bobby. Gracias al cielo. ¿Había venido a verla?

Stella quiso correr a recibirlo y, al mismo tiempo, quiso encerrarse en el baño y esperar a que se fuera. El estómago se le encogió por un torbellino de emociones contradictorias.

¿Qué hacía él allí? ¿Quizá quería mostrarle los resultados de las pruebas? Sí, debía de ser eso, se dijo ella, demasiado asustada como para pensar en otra posibilidad.

—Nada de eso, Mickey. Déjame entrar. Necesito verla.

—Dame una buena razón.

Hubo un momento de silencio. ¿Qué estaban haciendo? ¿Un concurso de miradas?, se preguntó Stella.

Al final, ella no pudo resistirlo más. Bobby había viajado desde muy lejos. Lo menos que podía hacer era dar la cara.

Cuando salió al salón, Stella encontró a los dos hombres parados en la entrada, mirando… ¿el móvil de Bobby?

Al oírla llegar, ambos levantaron la vista. Mickey tenía el rostro contraído por la confusión.

Nada más ver a Bobby, a Stella le dio un brinco el corazón y no pudo evitar un grito sofocado. A él se le iluminaron los ojos al verla. ¿Era posible que se alegrara de tenerla delante? ¿La había echado de menos tanto como ella a él?

Mickey suspiró con resignación.

—Ten calma y todo irá bien —le dijo el guardaespaldas a Bobby, y se guardó la pistola en el bolsillo—. Pero si intentas algo…

—He venido a por Stella —dijo él, pasando de largo ante Mickey. Con tres grandes zancadas, se colocó ante ella.

Stella se olvidó de respirar.

—¿Qué estás haciendo aquí? —preguntó ella, esforzándose por sonar calmada.

—He venido a por ti —contestó él. Estaba a pocos centímetros, pero no hizo amago de tocarla ni abrazarla. En vez de eso, se puso de rodillas.

—Lo hice todo mal, Stella. Nunca había metido tanto la pata en mi vida. Te dejé creer que me importaban más el complejo y el programa de televisión que tú. Te dejé creer que me sentía obligado a casarme contigo.

—¿Ah, sí? —logró susurrar ella, forzándose a respirar para no marearse.

—No tengo que casarme contigo. Ni tu padre ni mi padre pueden obligarme. Solo una persona puede hacer que yo quiera casarme contigo.

—¿Y quién es? —preguntó ella. ¿Se estaría refiriendo a Mickey?

—Tú. Quiero casarme contigo.

No. No podía llorar, se dijo Stella. Tratando de tragarse sus emociones, enderezó la espalda.

—Me prometiste llamar y visitar al bebé. No te he pedido nada más.

Él negó con la cabeza.

–Sí, lo hiciste. Me preguntaste qué quería yo. Y estaba tan preocupado por lo que tú querías que nunca respondí a tu pregunta –explicó él, y le mostró el móvil–. Hoy no has ido a la gala.

–No estaba invitada –señaló ella con mirada desconfiada–. Además, no he podido terminar el vestido. ¿Has ido tú?

Stella sabía que Bobby no había planeado asistir. Estaba demasiado ocupado con su trabajo.

Por eso, tampoco entendía qué hacía de rodillas en su apartamento ese sábado por la noche, llevando solo la mitad de un esmoquin.

–Me colé –reconoció él con una sonrisa–. Entré por detrás, entre los camareros. Es allí donde quedó mi chaqueta.

–Entiendo –dijo ella, pero era mentira.

Bobby sonrió aún más.

–No puedes engañarme, Stella. Te conozco –dijo él, y le tendió el móvil–. Quería que me oyeras decir esto, pero no estabas allí, así que confié en que alguien lo grabara –añadió, tocó la pantalla y un vídeo empezó a funcionar.

La noticia se titulaba «¿David Caine retado por un camarero?». Allí estaba. Justo habían grabado la parte importante de la pelea. Stella distinguió con claridad a los dos hombres, Bobby y su padre.

–Tengo algo mejor que el dinero, Caine, algo que usted nunca tendrá –decía Bobby en el vídeo–. Tengo una familia.

Stella se quedó mirando cómo Bobby salía de la escena. Fin del vídeo.

–Por todos los santos –murmuró Mickey–. A Davy no va a gustarle nada.

¿Acababa Bobby de tirar por los suelos su sueño, su complejo residencial? ¿Acababa de destruir cualquier esperanza de hacer las paces con su padre? Había humillado públicamente a David Caine y existía una prueba grabada. ¿Todo para qué?, se preguntó Stella.

Lo había hecho por ella.

A Stella le cedieron las rodillas.

Bobby la capturó en sus brazos antes de que llegara al suelo.

–Tranquila –le susurró él, abrazándola–. ¿Puedes traerme un paño mojado? –le gritó a Mickey.

Stella hundió la cara en su pecho, obligándose a respirar.

–¿Por qué has hecho eso?

–Porque no se trata de tu padre –contestó Bobby, le apartó el pelo de la cara y la besó.

De pronto, como por arte de magia, como en un cuento, todo el sufrimiento que su padre le había causado dejó de ser importante para Stella.

–Se trata de ti y de mí. Quiero que te cases conmigo, Stella. Quiero que formemos una familia. Siempre has sido más importante para mí que cualquier programa de televisión y que cualquier complejo.

Formar una familia. Juntos. Stella tuvo que cerrar los ojos y apoyarse en él para mantener el equilibrio.

–¿Renunciarías a todo eso por mí?

–Bueno –dijo él, en ese tono de voz que Mickey calificaba de demasiado encantador–. Todavía me quedan un par de ases en la manga.

Ella lo miró a los ojos.

–¿Qué has hecho?

Deberías saber algo de los hermanos Bolton, Stella. Cuando nos proponemos algo, somos imparables –afirmó él con total convicción–. He tenido que ponerme a su merced, pero Ben ha encontrado una línea de financiación alternativa para el *resort*. Y tendremos que añadir una boutique muy especial, con ropa de diseño única y especial, romántica y atrevida al mismo tiempo.

–¿Ah, sí?

Él asintió.

–Puede que nos lleve algo más de tiempo. Voy a tener que pagar a los abogados de mi bolsillo. El programa de televisión se ha acabado, pero es mejor así. No necesito ser famoso. Solo te necesito a ti.

Bobby solo había mencionado a uno de sus hermanos.

–¿Y Billy? ¿Y tu padre?

–Les he dicho que me casaría contigo porque yo quiero y por ninguna otra razón –contestó él, y la abrazó con fuerza. Se separó un momento para tomar el paño húmedo que Mickey le tendía y se lo colocó a ella en el cuello–. Me preguntaste una vez qué quería, pero no te di una respuesta directa. Fue un error que no volveré a cometer, Stella –prometió él, besándola–. Quiero dormir contigo entre mis brazos y quiero despertarme contigo. Quiero hacerte el amor el resto de mis días y no quiero que nadie nos lo impida. No quiero a nadie más que a ti. A ti y a nuestra familia.

Stella no pudo contener las lágrimas.

—Bueno —dijo él con una sonrisa triunfal—. ¿Qué quieres tú?

—Quiero una familia —repuso ella. Se lo había dicho en una ocasión antes, aunque entonces no había soñado con que su sueño pudiera hacerse realidad—. Te quiero a ti.

Bobby sonrió más todavía.

—Me gusta que queramos lo mismo, ¿y a ti?

—Sí, mucho.

Se besaron de nuevo, en esa ocasión, con más pasión, entrelazando sus lenguas. Bobby la quería. Sentirse querida era algo maravilloso, pensó ella.

Mickey se aclaró la garganta.

—Bien, entonces, ¿vas a casarte con mi chica?

Bobby la miró y ella asintió.

—Sí.

—¿Cuándo? —insistió Mickey.

—¿Puedes preparar un vestido para Navidad? —preguntó él—. No pasarás ninguna fiesta sola nunca más.

—Eso es dentro de muy poco.

—Tengo total confianza en lo que puedes hacer con las manos. Pienso en ello todo el tiempo.

Ella rio y sus bocas se fundieron en otro beso.

—¿Quieres casarte conmigo, Stella Caine? —preguntó él en voz baja, solo para sus oídos.

—Sí.

Era lo que ella más quería en el mundo.

Epílogo

Callie no era muy indicada para lanzar flores delante de la novia. En vez de esparcir los pétalos de rosa que llevaba su madre en una cestita, volcó la cesta y mordisqueó el mango.

El hijo de Billy y Jenny, Seth, apareció por la puerta, llevando los anillos. Estaban todavía en su cajita. Bobby no había creído necesario colocarlos en un almohadón blanco en aquella sencilla ceremonia civil.

Normalmente, en Nochebuena, todos los Bolton se reunían en casa de su padre. Comían asado y brindaban por su madre. Ese año fue distinto. Después de una ruidosa comida en un restaurante cercano, Bobby estaba en el juzgado de paz, vestido de traje. Sus hermanos lo acompañaban. Incluso Billy se había puesto corbata para la ocasión.

La sala estaba bastante vacía. En un lado, Jenny estaba delante del padre de Bobby, Bruce Bolton, sentado junto a Cass, la recepcionista de Crazy Horse Choppers.

Al otro lado, Gina y Patrice estaban sentadas de la mano. Stella había decidido no invitar a nadie de Nueva York, aunque le había permitido a Mickey invitar a su padre. David Caine no había respondido, pero a ella no le importaba. Stella había querido hacer una ceremonia pequeña e íntima.

Cuando las puertas se abrieron de nuevo, Bobby contuvo un grito de admiración. Stella entró del brazo de Mickey. No le había dejado a su futuro marido ver su vestido de novia, que había cosido en casa de Gina y Patrice.

—Ha merecido la pena esperar, ¿verdad? —le susurró Ben a Bobby.

—Sí —fue todo lo que el novio pudo decir.

Stella llevaba una falda color crema que llegaba hasta el suelo. Debajo sobresalían unos zapatos rojos de tacón. En el cuerpo, se había puesto una chaqueta estilo esmoquin del mismo color crema y de satén. Llevaba tres rosas rojas en la mano. Una por Bobby, otra por ella y otra, por el bebé. El cuerpo de su atuendo era ajustado y resaltaba sus curvas. Estaba ya de tres meses y medio y su cuerpo se estaba volviendo exuberante. En la cabeza, llevaba un pequeño velo de encaje color crema. Por supuesto, con motivos de calaveras.

No era un vestido de novia tradicional, pero aquello tampoco era una boda tradicional. No había más invitados, ni regalos, ni un banquete planeado. Diablos, ni siquiera habían llamado a un sacerdote. Los casaba un juez de paz que era motero en sus tiempos libres. La única cámara estaba en manos de Jenny. Nadie más estaba al corriente de la ceremonia. Era algo privado.

Mickey escoltó a Stella al frente. A Bobby le sorprendió ver lágrimas en los ojos del viejo.

Stella besó a su guardaespaldas, antes de darle la mano a Bobby.

—Estás preciosa —le dijo él, conteniéndose para no

estrecharla entre sus brazos. Habría tiempo para eso después.

El juez empezó a hablar, citando las frases habituales, aunque a los pocos minutos fue interrumpido, cuando la puerta principal se abrió de nuevo.

Lo primero que pensó Bobby fue que la prensa se había enterado. Después de todo, que la hija de David Caine se casara con la estrella de un *reality show* era una noticia jugosa para las revistas de cotilleos.

Ben y Billy soltaron una exclamación de sorpresa al unísono. Bobby y Stella se giraron de golpe. Allí, en la última fila, se sentó David Caine en persona. Parecía viejo y cansado, pero no enfadado.

Stella apretó a Bobby del brazo con fuerza.

—Papá —susurró ella.

Bobby ladeó la cabeza como saludo al viejo antes de volverse hacia la novia.

—Sabía que entraría en razón.

—Así es, ¿verdad? —dijo ella con lágrimas de felicidad.

Bobby asintió, envolviendo la mano de ella con la suya.

—Creo que está empezando a darse cuenta de que la familia lo es todo —afirmó él, y se acercó al oído de su novia—. Tú lo eres todo para mí, Stella.

Entonces, el juez se aclaró la garganta y los declaró marido y mujer.

Ella era todo para él.

Y siempre lo sería.

Acepte 2 de nuestras mejores novelas de amor GRATIS

¡Y reciba un regalo sorpresa!

Oferta especial de tiempo limitado

Rellene el cupón y envíelo a

Harlequin Reader Service®
3010 Walden Ave.
P.O. Box 1867
Buffalo, N.Y. 14240-1867

¡Sí! Por favor, envíenme 2 novelas de amor de Harlequin (1 Bianca® y 1 Deseo®) gratis, más el regalo sorpresa. Luego remítanme 4 novelas nuevas todos los meses, las cuales recibiré mucho antes de que aparezcan en librerías, y factúrenme al bajo precio de $3,24 cada una, más $0,25 por envío e impuesto de ventas, si corresponde*. Este es el precio total, y es un ahorro de casi el 20% sobre el precio de portada. ¡Una oferta excelente! Entiendo que el hecho de aceptar estos libros y el regalo no me obliga en forma alguna a la compra de libros adicionales. Y también que puedo devolver cualquier envío y cancelar en cualquier momento. Aún si decido no comprar ningún otro libro de Harlequin, los 2 libros gratis y el regalo sorpresa son míos para siempre.

416 LBN DU7N

Nombre y apellido	(Por favor, letra de molde)	
Dirección	Apartamento No.	
Ciudad	Estado	Zona postal

Esta oferta se limita a un pedido por hogar y no está disponible para los subscriptores actuales de Deseo® y Bianca®.
*Los términos y precios quedan sujetos a cambios sin aviso previo.
Impuestos de ventas aplican en N.Y.

Bianca

Comprada para venganza del griego

A pesar de no tener ni el dinero ni los contactos necesarios, Prunella Palmer había despertado el interés del archienemigo de Nikolai Drakos. Hacerla suya sería la mayor satisfacción para Nikolai.

El despiadado magnate estaba dispuesto a utilizar los medios que fueran necesarios para asegurarse la atención de Prunella, de modo que adquirió las deudas de su familia. Unas deudas que perdonaría si ella se convertía en su amante.

Cuando descubrió su inocencia, Nikolai se vio obligado a reconsiderar su decisión y tomarla como esposa.

MÁS ALLÁ DE LA VENGANZA
LYNNE GRAHAM

Tentación irresistible
Kathie DeNosky

Jaron Lambert podía tener a cualquier mujer que quisiera, sin embargo, solo tenía ojos para la joven y encantadora Mariah Stanton. Durante años había intentado mantenerse alejado de ella, pero una noche se olvidaron de los nueve años de diferencia entre los dos y se abandonaron al deseo que sentían el uno por el otro.

No obstante, a Jaron aún lo lastraba su oscuro y complicado pasado, y como no podía contarle a Mariah la verdad, se vio obligado a decirle que aquella noche que habían compartido había sido un error. Porque enamorarse de ella sería un error aún mayor...

*Aquel vaquero de Texas quería a
la única mujer que no podía tener*

¡YA EN TU PUNTO DE VENTA!